U0710353

OPEN
风度阅读
书传递灵魂

刘丽朵 著

还魂记

中华书局

图书在版编目(CIP)数据

还魂记/刘丽朵著. —北京:中华书局,2014.8
ISBN 978 - 7 - 101 - 10110 - 2

Ⅰ.还… Ⅱ.刘… Ⅲ.散文集 - 中国 - 当代 Ⅳ.I267

中国版本图书馆 CIP 数据核字(2014)第 083160 号

书 名	还魂记	
著 者	刘丽朵	
责任编辑	徐卫东	
出版发行	中华书局	
	(北京市丰台区太平桥西里 38 号 100073)	
	http://www.zhbc.com.cn	
	E-mail:zhbc@zhbc.com.cn	
印 刷	北京瑞古冠中印刷厂	
版 次	2014 年 8 月北京第 1 版	
	2014 年 8 月北京第 1 次印刷	
规 格	开本/880×1230 毫米 1/32	
	印张 10 插页 2 字数 145 千字	
印 数	1 - 7000 册	
国际书号	ISBN 978 - 7 - 101 - 10110 - 2	
定 价	32.00 元	

目　录

1　《还魂记》序　　刘勇强

［扯淡经典］

2　孔子与扯淡

5　外国人看《红楼梦》

8　薛宝钗的病

11　《红楼梦》的结局

14　半部《红楼》纳兰词

17　水浒男色

20　时尚好汉

23　黑社会正源

26　马二先生游西湖

29　麻辣屌丝

32　《聊斋》之外科奇术

35　聊斋看美人

38   我的前任

41   珍珠衫上情人泪

47   名妓钱事

50   "A片区"

53   嗟尔越南万古愁

[谠议风月]

58   古人的性倒错

61   男人和女人的友谊

64   表白的101种方式

67   秦观的三生情缘

70   是谁点了秋香

73   唐明皇艳史

76   少女之心

79   有情人解相思

82   靠谱男遇见痴情三

[风俗通义]

86   "苏空头"与"上海宁"

89   涂鸦与加V

92   消失的女性

95 水泡

98 姓名学导论

101 中国童话

104 考场病

107 大团圆

110 翰林与蝗虫

113 警察老爷与人质

116 中国冷笑话

119 穿越伤不起

122 嗜窶客

125 一块砖的魔幻现实主义

128 没有羽绒服的冬天

131 二手经济

[剧谈晚清]

136 光绪丁酉年的选秀

143 芥川的林黛玉

148 大毒枭的末日

151 救亡梦

154 文明境界

157 "绰故辣得"及其它

160 冈千仞的 1884

163 好色的紫诠

166 康有为不读西书

169 攻日策

[说文解字]

174 新诗别裁

177 接吻

180 这"老公"不是那"老公"

183 来自台湾教育部门的信

186 茫茫汉语

[武侠鉴原]

190 守宫砂

193 活死人墓

196 论轻功

[怪力乱神]

200 如何长生不老

203 鬼故事二则

206 张闿藏

209　相面不求人

212　岁在壬辰

215　毛女

218　雷劈什么人

[文人破事]

222　好学生的淘气

225　失败的京漂

228　他不是普通青年

231　吾友汪三侬

234　要等多久才有知音

238　为高官驱驰的文人

241　诗人、爱情与革命

[主义社会]

248　清官问题

251　车房焦虑

254　人中黄

257　富二代

260　中国式慈善

263　闹

266　丈夫须努力

269　中医迷局

273　清朝的房价

276　骗术小考

279　失踪的男人

282　一次失败的打黑行动

285　老无所依

［及物动辞］

290　浮瓜沉李

293　王金羽

296　山东人

299　曹州外史

302　后记

6

《还魂记》序

刘勇强

我一向赏识晚明文人的两句话。一句是托名李贽评点《水浒传》中的"天下文章当以趣为第一"。照我的理解，这个"趣"当然不是肤浅的油滑乖巧抖机灵，而是一种智慧充盈其中的幽默、一种超越现实而又与当下体验相碰撞的感悟。这样的文章往往无拘无束，破格破体。因此，另一句应跟进的话便是"世间唯拘儒老生不可与言文"。这句话出自汤显祖笔下，正因为他怀有那种"恍惚而来，不思而至"的自然灵气，才写出了如袁宏道所称赞的"笔无不展之锋，文无不酣之兴"的《还魂记》。而头脑冬烘、思想僵化的人，常常画地为牢，束己缚人，多半是体会不出、也接受不了放言无羁的想象与文风的。

刘丽朵借用了"还魂记"的名目，或许便是属意于此种精神。展读之中，我也确乎常常被她随物赋形、涉笔成趣的文风感染。无论什么题目，作者信手拈来，皆成文章。夹叙夹议之间，开阖自如；或雅或俗、亦庄亦谐。有时灵机一动，便小题大做，旁敲侧击；有时深思熟虑，则居高临下，恣意发挥。人情物理，世态风云，驱遣古人，评点时事，无不书写得跳跃洒脱，机趣横生。读这样的书，思想为之解放，心智随之激活。单说在讨论明代话本小说的经典《蒋兴哥重会珍珠衫》时，刘丽朵就居然戏仿出张资平、张爱玲、曹禺几种版本的《珍珠衫》来。这样的戏仿或许未尽允帖，却十分别致、毫不拘谨地展开了对她所谓近代性的丰富想象。

不过，文风还只是外表，如同袁枚所说，属于"店铺招牌，无关货之美恶"。刘丽朵之"还魂记"，关键还在于一个"魂"字，在于以古鉴今，以今识古，从而达到的古今会通境界。这同样是我一向赏识的文化追求。长年沉湎于古籍中，我时常幻想，先人曾经鲜活、躁动的生命，因时过境迁而沉寂隐没在了脆黄的纸页中，随时等待着寻访者的到来。而这当中有不经意的邂逅，也有潜心修来的机缘。一旦与某个似曾相识的古人不期而遇，就仿佛触摸到了沉睡已久的魂灵，会生出些或惊或喜、时怖时欣的感觉。这也就是古代文学绵绵不绝的生命力所在。

不言而喻，不是所有的古代文学作品都对今人有启迪作用，这有赖于一种发现与表达兼具的能力。刘丽朵的阅读面很广，知识丰富，正做着精深的学问。但在这本书的写作中，却并不是在进行学理上的探讨，而是力图通过别具慧心的发现，用时新的观念探究陈年的往事，用古代的人生烛照现实的社会。在《富二代》、《一次失败的打黑行动》、《老无所依》等中，我们都可以感受到作者穿古越今的拷问、推陈出新的剖析。

过去，有一句讽刺不会读书的话是"死读书，读死书，读书死"，其症结就在一个"死"字上。而"还魂"则是赋予古代文学作品以新生命的读写过程——其实，古代文学作品本来就是"活"的。吴组缃先生曾有一句名言："关于中国知识分子的历史性格与命运，除了反右、文革、上山下乡之外，《儒林外史》里已经全有了。"古往今来，如影随形。循着这一思路，我们必能发现，古代文学作品中，无所不有。

前些时候，我在一本同人刊物《古小说研究会集刊》上，推荐了一篇南宋施德操《北窗炙輠录》中的一篇小说，我愿意借这个机会再宣扬一下。小说不长，原文如下：

> 旧间巷有人以卖饼为生，以吹笛为乐，仅得一饱资，即归卧其家，取笛而吹，其嘹然之声动邻右，如此有年矣。其邻有富人，察其人甚熟，可委以财也。
>
> 一日，谓其人曰："汝卖饼苦，何不易他业？"
>
> 其人曰："我卖饼甚乐，易他业何为？"

富人曰："卖饼善矣，然囊不余一钱，不幸有疾患难，汝时何赖？"

其人曰："何以教之？"

曰："吾欲以钱一千缗，使汝治之，可乎？平居则有温饱之乐，一旦有患苦，又有余资，与汝卖饼所得多矣。"

其人不可。富人坚谕之，乃许诺。

及钱既入手，遂不闻笛声矣。无何，但闻筹算之声尔。其人亦大悔，急取其钱，送富人还之，于是再卖饼。

明日笛声如旧。

对现实利益的追逐，有时难免会挤占人的精神享受空间。自从"时间就是金钱，效率就是生命"的口号提出来以后，这样的困惑更具普遍性了。因此，卖饼者悠扬的笛声，象征着不可多得的人生快乐，这是金钱买不到的。如此看来，这篇南宋的小小说，竟是一副至今有效的清凉剂。

仍说刘丽朵的《还魂记》。好的文章必有好的语言。这本书中，既有历久弥新的雅驯词句，又有网络时代的流行潮语。作者似乎有意在做着一种试验，让"茫茫汉语"的古调新声熔铸成既富底蕴、又具动感的鲜活语言。我想到了宝钗对黛玉的夸奖："世上的话，到了凤丫头嘴里也就尽了。幸而凤丫头不认得字，不大通，不过一概是市俗取笑。更有颦儿这促狭嘴，他用'春秋'的法子，将市俗的粗话，撮其要，删其繁，再加润色比方出来，一句是一句……亏他想的倒也快！"在这个符号化、简约化的时代，烹文煮字，遣词造句，是"还魂术"的基本功，也是一种难得的精神游戏。

所以，"还魂记"主要体现的还是一种读书的方法，写作的态度，或者也可以说是一种文化传承的意识。假如读者诸君以为我在上面说了过头的话，那么，请相信，刘丽朵在本书所取的方法、态度以及对文化传承意识的认知，已有值得赞赏的足够理由。

行文至此，忽然想到今天是端午节，想到了屈原的《招魂》。魂兮归来！

2013 年 6 月 12 日于奇子轩

扯淡经典

孔子与扯淡

Harry G. Frankfurt 的书 *On Bullshit* 中文简体版译作《论扯淡》，封底赫然印着一段话：

> 这些就是扯淡：《论语》的真谛，就是告诉大家，怎么才能过上我们心灵所需要的那种快乐的生活。（于丹）

什么是"扯淡"？Frankfurt 说，"扯淡虽然不在乎真实，但是未必是虚假的"，"比起说谎，扯淡这种创作模式，不需要撒谎那么多分析和深思熟虑。它更开阔、更独立，有更多机会即兴表演、渲染和想象"。

人们为什么"扯淡"？Frankfurt 说，"当一个人有责任或有机会，针对某些话题去发表超过了他对该话题的了解时，他就开始扯淡"。

好吧，让我们有限度地认为于老师对孔夫子精辟的解读其实是一种既开阔又独立的即兴表演和想象。这很符合大众对精英文化的想象和审美期待。在中国文化中，对孔子大扯其淡绝对是最核心的传统之一，其根源亦非对孔子了解不足那么简单。

Frankfurt 对扯淡的了解过于肤浅，在我们这个国家，一向只有最聪明博学的人才会不以探寻真理为目的，而以扯淡的方式进行经典重构，最终把他们扯的淡变作时代经典。从董仲舒到朱熹，从王阳明到康有为，各扯各的淡，扯出了一根又一根的经学传统，它们都"不在乎真实"，但"未必虚假"；对孔子无边无际地渲染和想象成为这个国家的精英凝聚普罗大众的传统形式。

上海人民出版社出版于 1974 年的小册子《孔老二》在当时或许超过了于老师的著作在今天的发行规模，我家里幸好也有一册，有幸被我昨天在旧书堆里发现并展卷浏览。这本书的最后一句话讲到：

> 七天以后，孔老二走完了他"捣乱，失败，再捣乱，再失败，直至灭亡"的穷途末路，带着他的花岗岩脑袋，去见周公了。

这本书的作者名字不够显赫，而且很长，它叫"卢湾区教师进修学院《孔老二》编写组"，这与文革时期变"个人英雄"为"群众英雄"的时代主题有关，而为它配插图的人是一位"个人英雄"，他叫张乐平。第 26 页那幅插图内容是父亲偷了羊，儿子替其掩盖，用一块布遮住羊，上面写着：直在其中。画上的儿子很有三毛的风范。这章的标题是《烂木头一样的孝道》。"烂木头"让我们想起"朽木不可雕也"，这章里面宰予果然出场了，烂木头是如何跟孝道联系在一起的呢？有这本书的人不妨打开看看，学习一下这种淡的扯法。这是"批林批孔"的教科书之一，林彪和孔子之间有什么相似性呢？这之间的缝隙全靠"扯淡"弥合。

李零的书《丧家狗——我读〈论语〉》封面亦有一句话："任何怀抱理想，在现实世界找不到精神家园的人，都是丧家狗。"读来感人肺腑。然而我们在心有戚戚焉的同时，亦不得不承认这亦是扯淡。

我想我应当修改一下 Frankfurt 对于扯淡的说法：当一个自觉负有某种责任的人有机会针对某些关系重大又莫衷一是的话题发表公开见解时，这便是扯淡的开始。

那种"关系重大又莫衷一是的话题"，孔子首当其冲。被扯了这许多年，夫子不蛋疼也乎？

外国人看《红楼梦》

一般来说，外国人是读不懂《红楼梦》的，博尔赫斯就是一个读《红楼梦》而失败了的例子。

对于《红楼梦》，这位以博学著称的大师写下了一则简短的笔记，显示他只对书中两个情节感兴趣：一，贾宝玉游太虚幻境；二，贾天祥正照风月鉴。对其他情节，他说："小说稍不负责或平淡无奇地向前发展，对次要人物的活动我们弄不清楚谁是谁。我们好象在一幢具有许多院子的房子里迷了路。"看来他完全没读懂——当然，即使继续读上许多遍他也未见得能懂，对这部小说"平淡无奇"的印象进一步冲淡了他阅读的兴趣。最后，他完全不得要领地夸了这部小说，说它"梦境很多，更显精彩"。我怀疑他实际上止步于第十二章，只是装作读完了的样子。

"全书充斥绝望的肉欲。主题是一个人的堕落和最后以皈依神秘来赎罪。"博尔赫斯对《红楼梦》的评价，我想免费赠送给另一部小说：《肉蒲团》。也就是说，外国人通过翻译本读《红楼梦》，哪怕是大师，也只读出了《肉蒲团》的深度。

对于《源氏物语》，博尔赫斯的评价靠谱多了，他称赞它感情的细腻、具有心理效果的描写，如"雪花飞舞后面的繁星"，以及，一个妇人站在幕帘后面，看见一个男人走进来，"尽管她十分肯定地知道，他看不见她，但她还是下意识地梳理了一下头发"。大师对这部东方经典的理解好歹上升到了王家卫的水平。

然而，如林黛玉"倚着房门出了一回神"，是"闲倚绣房吹柳絮"，信步出来，看阶下新迸出的稚笋，是"笋根稚子无人见"，这样一种既清澈、又亲切的诗意，这么个融汇了几千年诗国最柔软情绪的美人，他是无论如何看不懂的，哪怕他是个诗人，哪怕他理论上承认中国文学是"优于我们近三千年的文学"。

博老毕竟是有大师范儿的，这体现在对这本他读不懂的书，他始终念念不忘，不仅经常在文章中提到，还专写了一篇小说：《小径分岔的花园》，其中有个人物是中国人，他一生的理想是写一部比《红楼梦》人物还多的小说，再就是建造一座迷宫，而这两者其实是一回事。误读到这份儿上，算是个"美丽的误会"了，这结局实在并不算坏。

其他外国人读《红楼梦》，则经常成为"滑稽的误会"，第一位发表红学论文的德国人郭士立以为贾宝玉是女孩。说书中的小姐们"喜鹊般谈论着无聊之事","毫无顾忌地发表对奢侈品的个人看法"。同时，他认为这是一部"冗长乏味"、"其文笔毫无艺术性"的书。英国第十五版《英国百科》也认为《红楼梦》"关于作诗的冗长争论令读者厌倦"。的确，《红楼梦》要求它的读者具备某种程度以上的中国古典文化修养，这导致即使在中国本土，对这部书全无兴趣、甚至读不下去其中任何一页的读者也大有人在。

最庸常的中国读者读不懂《红楼梦》时，他们编造了一个说法，叫作"少不读《红楼》"，我们在 Jos. Schynss 的书中看到了这个说法的英文版，"该小说中的情感氛围令人压抑，因此青年万万不宜读"。这让人想起二十世纪初，当西方人不得不对《红楼梦》作出判断时，往往指责它"不具备正确的道德思想"，他们大概向中国人打听来着，因此深深地受了视小说为下等文学的传统中国人的影响。如今的状况自然不会如此啦，据说有本叫做《如何讲授曹雪芹的〈红楼梦〉》的书由美国人写完并出版发行了，供美国大学的亚洲课程作参考书。无论如何，知道这是本NB的书只是自己不懂，和读不懂因此恨恨地吐口水之间，还是有所不同。

有道是：刘姥姥进大观园，外国人看《红楼梦》。

薛宝钗的病

　　《红楼梦》中，薛宝钗患的究竟是什么病？曰：过敏性哮喘。

　　在著名的"送宫花"一回，我们通过薛某本人口述，了解到这位女患者的病史：患病时间久，年年发作，经药物治疗缓解，但无法根治。而这，正是过敏性疾病的特点。

　　对于自己的病，薛宝钗使用了一个词："无名之症"。何谓"无名之症"？"过敏"是有机体对外界刺激的过度反应。中医称过敏导致的皮肤反应为"风邪"，过敏导致的胃肠道反应为"脾虚"，过敏导致的呼吸道疾病为"气虚"；一个人若有了综上所述的全部症状，即所谓"过敏体质"，在中医那里，并没有一个与之对应的专用名词。

　　薛宝钗是严重过敏体质，何以见得？薛宝钗"那种病又发了"的时候，症状是"不过只喘嗽些"；喘，即呼吸受阻，嗽，即喉部或气管的黏膜受刺激时的声带振动发声，这两种都是哮喘的典型临床反应。气候变化会诱发过敏反应，因此过敏性哮喘常在秋冬发病，而"送宫花"时，正当"秋尽冬初，天气冷将上来"。另外，据薛氏口述，那位对症下药颇有效验的"秃头和尚"说她这病是"胎里带来的一股热毒"。胎毒，即今日人人耳熟能详的婴儿湿疹。引起湿疹的因素有很多，过敏是其中最重要的。过敏性哮喘患者多有婴幼儿时期的湿疹史，说白了，哮喘与湿疹，只是过敏体质在不同人生阶段的外在表现而已。

至于神秘浪漫的"冷香丸"，其成分主要是水和花粉萃取物。过敏体质的特点之一是免疫力低下，而食用花粉能够增强体质。至于冷香丸必须用黄柏煎汤服用，则是因为黄柏有抗菌、镇咳、抗溃疡的作用，能够有效地修复和避免过敏反应对粘膜的损伤。——秃头和尚的药方果然抓住了宝钗疾病的要害！我怀疑《红楼梦》作者身边果然有一位"宝钗"，而这位"宝钗"果然每年服用"冷香丸"治疗哮喘，否则，怎会如此丝丝入扣？

另一证据，在《红楼梦》第五十九回，这年春天，史湘云"两腮作痒，恐又犯了杏斑癣"，她想到的是"问宝钗要些蔷薇硝擦"。看来，春天的宝钗犯有花粉过敏导致的皮肤红斑、带细小鳞屑的丘疹；而宝钗对她说，"颦儿配了许多"，这提醒了我们：很有可能，云、钗、黛三人均为过敏体质，她们都是敏感的诗性少女，拥有这样的体质并不奇怪。

体质跟性格也会有关系吗？客官，这是不争的事实啊。据医生们总结，过敏体质的人通常具有以下性格特征：一，聪明；二，好动；三，情商高；四，敏感多疑；五，具有创造性。那么，史湘云至少具备一、二、五；林黛玉至少具备一、四、五，而薛宝钗呢？聪明、具有创造性外，宝姐姐的情商高是地球人都知道的事实；第二十七回滴翠亭扑蝶的宝钗，展现了她平时被压抑的、为我们不熟悉的好动的一面；至于宝姐姐的敏感多疑……看官，《红楼梦》中谁是最了解林黛玉的人？不是宝玉，他为爱冲昏了头脑，经常把一个心弄成两个心；不是紫鹃，阶级地位和文化修养的差异决定了她对黛玉的了解有限；请看第四十二回"蘅芜君兰言解疑癖"一节，宝姐姐先知道林妹妹疑的什么，才能依靠超高的情商解除她的心理负担，而林妹妹"心较比干多一窍"，她的心思是好猜的么？她们的敏感多疑指数要旗鼓相当才能做到啊。

薛宝钗符合全部"过敏"的性格特征，她的过敏指数是三人中最高的，人人知道林妹妹是病美人，殊不知，宝钗的病同样无药可治，且存在致命的风险。

《红楼梦》的结局

让我们大胆展开想象，猜想在已经亡佚的《红楼梦》最后几回中，作者是怎样把宝黛爱情悲剧写完的。

第二十七回后半回，"埋香冢飞燕泣残红"，贾宝玉听见"山坡那边有呜咽之声"，哭得好不伤心，原来是林黛玉一边葬花，一边念着自制长句《葬花吟》。贾宝玉听到"侬今葬花人笑痴，他年葬侬知是谁?"以及"一朝春尽红颜老，花落人亡两不知"时，"不觉恸倒在山坡上"。于是，这边一个人哭，那边又有一个人哭，林黛玉想："人人都笑我有痴病，难道还有一个痴子不成?"——我想诸位当代青年读到此处，一定跟我一样是"人人"那一种人，心里面嘀咕道：哭什么哭？好有病！不就是春尽夏来年年有么？现在的续书里，写到"病神瑛泪洒相思地"，林黛玉死了，贾宝玉号啕大哭，列位看到这里，想必跟看韩剧到最后一集一样，哭得稀里哗啦吧！然而伟大的《红楼梦》结局怎么可能就是一个韩剧水平呢，请重读《葬花吟》——

"葬花"的意象是生命在最美的时刻戛然而止，这暗示了林黛玉死于芳年；"侬今葬花人笑痴，他年葬侬知是谁"把花的"死"和美人的死弄成了类比关系，同时提醒了一件重要的事：葬。把林黛玉葬到土里的人是谁呢？续书里面说到她的死，但没说她的埋；在过去，埋可是不比死小的大事呢！过去有个词汇叫做"正丘首"，狐狸死了都要一块好地方埋葬，何况人乎！想想《聊斋》里的女鬼吧，因为没被埋好，死后多年仍然一缕幽魂缠绵不尽呢。

从《葬花吟》看，书中必定有埋黛玉这一重要情节。埋黛玉的人，我们假设是宝玉。这么一来，一下子你就读懂了《葬花吟》百分百的含义："一朝春尽红颜老"，说的是黛玉么？林黛玉已然在变老之前远去了，不适用。这是说，葬黛玉的是一个老宝玉。"花落人亡两不知"，如果说花落和人亡都是指黛玉，那么何来"两"不知呢！

一个很老的宝玉亲手把他年轻时深爱的女人葬到土里去，这就是宝黛真的结局啊！

请参考第四十三回"不了情暂撮土为香"，话说刘姥姥编出来一个茗玉小姐在年深日久的小庙中成了精，天冷了出来雪中抽柴，令宝哥哥捶胸顿足地说"这样人是不死的"，记在心里，默默地去寻找和祭奠她。这大概不是普通的情节，这是作者对结局的预言。为什么是茗玉？茗玉是对玉茗堂的暗示，玉茗堂即汤显祖的别号，《牡丹亭还魂记》演出了一个"情之所至，生可以死，死可以生"的爱情故事，推敲《还魂记》的情节：杜丽娘死后被寄棺尼庵，被书生柳梦梅发冢复活，两人成亲。《红楼梦》这样一部作品中自然不会出现"还魂"式的大团圆，但黛玉被寄棺小庙，被中年宝玉发冢，抚尸恸哭一场，将她亲手埋葬，却是有可能的呀！数十年后，美人黄土，其哀恸又当何如？……

为什么当时不葬，多年之后入土为安？作为未嫁女儿，林黛玉的处境与杜丽娘差可仿佛，再加上贾府末世风雨飘摇，出现这种情况在情理之中。尽管家破人亡，半生飘零，一身贫病，宝哥哥仍以归葬林妹妹为不容推辞的责任。少年时惟愿她少生气别生病幸福快乐和我在一起，多年后我能够给予她的只是一抔净土，用来安葬她漂泊的灵魂……想到此处再读第二十七回的《葬花吟》，不禁眼泪汹汹。

半部《红楼》纳兰词

纳兰性德是贾宝玉原型，《红楼梦》影射的是明珠家事，这是索隐派"旧红学"流传最广的结论之一。蔡元培《红楼梦索隐》由这个前提出发，发展了钱静方等人"金钗十二，皆纳兰侍御所奉为上客者也"的结论，对号入座，认为《红楼梦》主要人物皆是纳兰门客。

纳兰性德只活了三十一岁便去世，他的词作却是清词史上的高峰。他生前拥书万卷，弹琴歌曲，萧然若寒素。江顺怡认为"《饮水》一集，其才十倍宝玉"，不学无术的贾宝玉比真正佳公子纳兰逊色多了，且"《饮水词》中，欢语少而愁语多，与宝玉性情不类"。然而王国维在纳兰诗词集中拎出三处"红楼"："今宵便有随风梦，知在红楼第几层"，"因听紫塞三更雨，却忆红楼半夜灯"，"此夜红楼，天上人间一样愁"，又找出其作于亡妇忌日的《金缕曲》一阕，有"此恨何时已？滴空阶，寒更雨歇，葬花天气"，印证《饮水集》与《红楼梦》的确有文字关系。《蕙风词话》中提及另一个传说：饮水词人为重光后身（纳兰性德是李煜转世），可见纳兰公子并未因为愁苦和寒素而被摈于"富贵绮罗人"之外，而贾宝玉一向被视作唐明皇、李后主一路人物。细读《饮水词》，我们或将发现：半部《红楼梦》藏于其中。

冷香：《梦江南》"一片冷香唯有梦，十分清瘦更无诗"，是咏梅；《采桑子》"冷香萦遍红桥梦"，咏夜中桃花；《点绛唇·咏风兰》"还留取，冷香半缕，第一湘江雨"……梅、桃、兰的"冷香"均令我们联想起薛宝钗著名的、以花蕊调各种水制成的"冷香丸"。而《玉带花·重九夜》中除了"晚秋却胜春天好，情在冷香深处"外，还有"转忆当年，消受皓腕红荑，嫣然一顾"——这不是"薛宝钗羞笼红麝串"？至于《台城路·塞外七夕》"算未抵空房，冷香啼曙"，是不是很像"山中高士晶莹雪"的薛宝钗那独守空房的结局呢？

黛玉：《采桑子》"土花曾染湘娥黛，铅泪难消。清韵谁敲，不是犀椎是凤翘。只应长伴端溪紫，割取秋潮。鹦鹉偷教，方响前头见玉箫"。这首咏物词主角是黛色的玉磬，令我们想起黛玉教鹦鹉吟诗的场景。"湘娥黛"，林黛玉的别号不是潇湘妃子么？"铅泪难消"，很像黛玉"眼红蓄泪泪空垂"的一生。

宝钗："阑珊火树鱼龙舞，望中宝钗楼远"；蘅芜："梦冷蘅芜，却望姗姗，是耶非耶。……归来也，趁星前月底，魂在梨花"（蘅芜君住梨香院）；湘云：顾贞观独创词牌《翦湘云》，纳兰曾用此调做词……

纳兰性德的婚姻生活也有"木石前盟"的意思，一生钟情原配卢氏，而卢氏早逝，因此所有"葬花"篇章都出现在悼亡词中，王国维前引《金缕曲》除了葬花意象，还有"待结个，他生知己，还怕两人俱薄命，再缘悭，剩月零风里。"——"知己"，是宝黛之间的称呼。而那首《山花子》，"半世浮萍随逝水，一宵冷雨葬名花"，《红楼梦》中扫花、葬花、秋窗风雨夕场景历历在目；《减字木兰花》："故园春好，寄语落花须自扫。莫更伤春，同是恹恹多病人。"明写"多病"的"扫花人"是卢氏。

"起来呵手封题处，偏到鸳鸯两字冰"：因挂题字，宝玉替晴雯呵手一事。"幽窗冷雨一灯孤，料应情尽，还道有情无"：是林黛玉"风雨夕闷制风雨词"；"曾记年年三月病，而今病向深秋"：林黛玉每岁春分、秋分必犯嗽疾；"倦眼乍低湘帙乱，重看一半模糊"：林黛玉《题帕三绝》"湘江旧迹已模糊"……这些纳兰词当中的蛛丝马迹，令人忍不住浮想联翩：谜一样的《红楼梦》与纳兰性德究竟有着怎样的关系？

水浒男色

按照中国传统中对男色的审美，贾宝玉他老人家是不得了的大帅锅，倾国倾城，"面若中秋之月，色如春晓之花"，这哪里像个男人！所以古时候，有钱有闲的少妇偷情的首选对象是戏子，文艺腔，是男的，又像女的，对女人的情绪变化体贴入微。如今小白脸似的男人越来越吃不开了，《与鸭共舞》中，豪门怨妇叶玉卿包养的是任达华。孙红雷、胡军这等硬汉升级成为师奶杀手，逼得黄晓明之类娃娃脸的明星留了胡子。生活在中国古代，又接近我们审美标准的男性，只有到《水浒传》里找。这里有一百零八个好汉，除去王矮虎、鬼脸儿杜兴、金钱豹子汤隆之类有明显缺陷的，也还有无数，够好色的女人们流着口水看一阵的。

说起好汉们的姿色，我们首先想到的是武松，他曾让第一美女潘金莲爱上他，可知不错。武松长得什么样呢？他是：

身躯凛凛，相貌堂堂。一双眼光射寒星，两弯眉浑如刷漆。胸脯横阔，有万夫难敌之威风……

原来是一枚大胸脯的肌肉男，潘金莲的重口味不是盖的。口味再重点，便是鲁达、李逵辈了，但此辈好汉，实在不是凡人能消受得起。鲁达"生得面圆耳大，鼻直口方，腮边一部貉𩯭胡须。身长八尺，腰阔十围"，是个胖大汉，等到他当了和尚，穿上直裰，才让我们看清"胸脯上露一带盖胆寒毛"。虽有时髦的胸毛点缀，他却跟"性感"二字无缘，令他两次路见不平拔刀相助的对象都是女人——金翠莲和刘太公家闺女。金翠莲的爹虽对他感激涕零，却赶紧地把闺女嫁给外地财主作妾；至于刘太公，则是看见智深便要吓得尿裤子。

至于李逵，则又比鲁达可怕十分，"黑熊般一身粗肉，铁牛似遍体顽皮。交加一字赤黄眉，双眼赤丝乱系。怒发浑如铁刷，狰狞好似狻猊"。这是对人的形容吗？这很像好莱坞电影里的King Kong。且比King Kong还不如，King Kong尚知道怜香惜玉，李逵见了卖唱的歌女，只会"怒从心上起，恶向胆边生"，一个指头把人戳翻在地，还说："只指头略擦得一擦，他自倒了。不曾见这般鸟女子，恁地娇嫩！"

连母大虫顾大嫂这样"眉粗眼大，胖面肥腰"的女人，她找的老公孙新，也只是"军班才俊子，眉目有神威"这样一个颇蕴藉的人物，断不敢与李逵辈有什么瓜葛。口味重得过头了，赶紧收回来——《水浒》中确有美男，毫无争议当选男色中第一位的，当是柴进。他的出场便充满美感，"远远的从林子深处一簇人马来"，当这簇人马走得近了，"中间捧着一位官人，骑一匹雪白卷毛马"，而这幅归驾图的主人公，"生得龙眉凤目，皓齿朱唇"。此时在一旁看到这一幕的，是带枷的林冲，"只见那马上年少的官人纵马前来，问道：'这位带枷的是甚人？'"美男，骏马，风尘，义气，在这一幅图上集齐了，此情此景，令腐女情何以堪？

时尚好汉

臭美不仅是女人的本质，而且是男人的本质，否则《时尚》刊物系列中何以有一个"先生"呢？一个男人表面上很MAN，但他也有可能抵抗不了时尚的诱惑，且看《水浒传》中关于"梁山理想"的描述："论秤分金银，成套穿衣服。"前者描述了这群劫匪的财富理想，后者则揭示了，好汉们对时尚的追求乃是这伙人去梁山的原始动力之一。

当然，入伙之前，不少人已经是非常时髦的青年了。水浒好汉对纹身和饰品的热爱是有目共睹的：九纹龙史进"刺着一身青龙"；阮小五胸前刺着"青郁郁的一个豹子"；浪子燕青"一身遍体花绣，却似玉亭柱上铺着软翠"；双尾蝎解宝"两只腿上刺着两个飞天夜叉"……纹身的花色丰富，技法不一。

至于饰品，这群人最常用的饰品——说出来不要嫌肉麻——

是时令鲜花，阮小五出场时，"鬓边插朵石榴花"，燕青亦是"鬓畔常簪四季花"，更有一个押狱蔡庆，因为"生来爱带一枝花"，被河北人民顺口叫做"一枝花蔡庆"。乍看来，"簪花"这个举动有点"娘"，不太像是好汉做派，仔细一想却又不然了。在男人极尊、女人极卑的水浒时代，像女人一样地插戴鲜花，绝对是惊世骇俗的举止、非主流的标志，被正经人看见，马上会斥责"这个人流里流气的"。

与鲜花含义类似，但比鲜花更具有普遍性的饰品是"红头巾"。负责任地说，"红头巾"在水浒帮派中所起的作用，跟今日太阳镜、黑西装是差不多的，当一个好汉戴上红头巾，基本上就等于是宣称自己向往或者亲善黑社会了。

加入梁山团伙之前，一些街道上的小混混主动戴上了红头巾，如不学好的富二代独火星孔亮是"顶上头巾鱼尾赤"，而一些向往大帮派的小势力集团分子，如白面郎君郑天寿，"也裹着顶绛红头巾"——一个"也"字很说明问题。正经人是不这么打扮的，水浒中姿色仅次于柴进的第二美男花荣当知寨时，因为是朝廷命官，所以戴的是"渗青巾帻"——他宁可戴绿头巾，也不肯戴红头巾。而"宋江兵打北京城"一出，是梁山好汉的集体亮相，场面极其 V5，请看描述："人人都带茜红巾，个个齐穿绯纳袄！"

水浒好汉"成套穿衣服"的时尚追求，在"三打祝家庄"、梁山经济得到有效补给之后，便已基本实现了。这点，从李逵身上得到了印证。李逵本不是时尚小青年，家里穷得要命，他出场时被描绘了一番凶恶的长相，没有提穿的什么衣服，想必十分褴褛，而第六十一回他跳出来劫卢俊义时，已经是"茜红头巾，金花斜袅。铁甲凤盔，锦衣绣袄"，备齐了黑帮分子的全部行头。

　　今日黑社会统一装备是寸头、黑西装、墨镜、手枪，宋朝黑社会则是一身绣花的绸缎衣服（常用红配绿，如全身都是红的，靴子是绿的，请看打高唐州时宋江、公孙胜的出场），人手一条冷兵器。战时，这些位于时尚最前沿的男人成群结队出现，骑着马，摆着最酷的POSE，定格在阵前——快拿纸巾给洒家，鼻血啊！鼻血！

黑社会正源

故事一：有一群劫匪，某日抢了一辆宝马车，车上坐着一个少妇，颇有几分姿色。劫匪之一便决定劫色，但被另一人阻拦了。这人说："你劫的是县长夫人，副县长是我兄弟，我过几天要去副县长那里做客，你强暴了他同僚的老婆，我脸上不好看。"（这人真笨，自古做官的同僚有几个不是乌眼鸡似的？）于是该女士被释放。后来，该县举行了一场盛大的文艺晚会，县长夫人在嘉宾席就座，突然听到了一个熟悉的声音，便指着人群中某个黑脸汉子对县长说，"那个人便是劫我的劫匪！"

故事二：某个黑社会成员刚被从法院转到了监狱，狱警和资格老的罪犯都寻思着给他点颜色看看，却被监狱长制止了。监狱长把他安排到一个单独的牢房中，条件比秦城监狱的上等囚房不差什么，一日三餐给他安排四菜一汤，荤素搭配，有鱼有肉，还经常烧开水让他洗澡。这汉子坐不住了，问监狱长道："大哥，你到底让我做什么，说吧！"原来，监狱长的儿子在郊区开了一家娱乐城，利润十分可观，饭馆酒店 KTV 一应俱全，还同往来的小姐五五分成。半年前，来了一黑社会头子，把狱长之子殴打了一顿，把娱乐城据为己有。不待狱长说完，该大汉已经知道要他做什么了，"便是一刀一割的勾当，我也替你去干"。——因几顿酒肉的收买，为了狱长的生意，他可是万死不辞。

故事三：有个武警上尉，军旅世家出身，奉命去剿匪。结果没打过，反被黑社会擒了。黑社会没撕他的票，还以礼相待，力劝他加入黑社会。这人坚决不肯，说："国家待我不薄，我不能做违法乱纪的事。"第二天，黑社会放他回去，他还没走到家门口，便遇上成队的武警抓他。原来，昨天夜里，几百黑社会成员穿上武警的衣服，并有一人冒充这名军官，来城里杀了许多人。上尉只好拔腿就跑。想来想去，也没别的跑处，只好跑到昨晚那几个人那里，加入了黑社会。为断上尉的念头，黑社会还杀了上尉的妻子，并把老大的妹妹许配给他。

以上故事均出自《水浒传》。第一则故事叫做"宋江夜看小鳌山"，第二则叫做"武松醉打蒋门神"，第三则叫做"霹雳火夜走瓦砾场"。有人说《水浒传》是"忠义水浒传"，又有人说《水浒传》"反贪官"，当听到这些，我不禁哈哈大笑。《水浒传》是一部描述了在法制废弛的社会中，势力最大的黑帮形成、壮大和最终灭亡全过程的小说；"好汉"和"官兵"，这看起来曾经势不两立的两股势力，其实经常你中有我，我中有你，纠缠不清。好汉"反贪官"，完全是胡说八道，晁盖带领一群人劫了生辰纲，是因为"此是一套不义之财，取而何碍！"然而武松曾经把阳谷县县官的财物安全押送到东京去，这些财物，是"本县县官自到任已来，却得二年半多了。赚得好些金银，欲待要使人送上东京去与亲眷处收贮，恐到京师转除他处时要使用"，则明明又是一套不义之财了，武松却不远千里护送得紧。古人云，"少不读《水浒》"，在血气方刚、是非观念又十分不明确的少年时期，读了这样一本书，确实很容易走上犯罪道路。

《水浒》中，好汉们把自己生活其中的社会环境称作是"江湖"。"江湖"是什么？即"黑社会"的别称。水浒故事即一切黑帮片的源头，一切黑帮故事都可从中找到原型，不说别的，且看武松打倒蒋门神之后说什么来着（这是一段黑帮电影里的经典台词）——

"不许你在孟州住。在这里不回去时，我见一遍打你一遍，我见十遍打十遍。轻则打你半死，重则结果了你命！"

马二先生游西湖

　　鲁迅在《中国小说史略》中评价马二先生，"西湖之游，虽全无会心，颇杀风景，而茫茫然大嚼而归，迂儒之本色固在"，于是，"马二先生游西湖"成为语文课本中《儒林外史》的经典选段。提到马二先生，人们便会想起在风景如画的西湖畔，一个在滚热的蹄子海参面前咽了一回口水，又走进面店吃了十六个钱面的可笑形象。冤枉乎哉！

　　"选段"这事是不靠谱的，正如你看到甲给了乙一巴掌，就说甲欺负了乙，却没看到乙之前刚给了甲一个扫荡腿。马二先生是编教辅的，编写的如《历科墨卷持运》、《三科程墨持运》一类考前辅导手册大小书店都有卖，可谓畅销书作者，他怎会没钱买蹄子吃？

　　这其中有个缘故。马二先生被嘉兴的书商请去编写高考作文指南时，结识了一个叫蘧公孙的朋友，每天在一起聊聊天。不料蘧公孙认识一个在逃的全国通缉犯，把柄落到了人手里，被公检法的人上门敲诈，恰好蘧公孙不在家，马二先生听说，把所有的钱都拿出来替他消灾。马二第一次跟蘧公孙吃饭，就吃了五碗饭，一大碗烂肉，连汤都吃完了，这么一个大食量的人，在西湖边跑了一整天，一碗面哪里吃得饱？饿得上气不接下气，鲁迅先生和文学史专家还要求人家必须好好地欣赏西湖的景色，多么地难为人家啊。

别说马二先生了，大艺术家徐青藤游燕子矶，想到的也不是"细雨鱼儿出，微风燕子斜"，而是"日西买市饭"，抱怨"百钱成一游，安得甘旨尝"。可见在美丽的景色中饿肚子是不合适的，而饿肚子并不是一个人的缺点。相反，也许在作者看来，饿着肚子游西湖，远比挺胸凸肚、提笼架鸟地游西湖浪漫得多。

吴敬梓写道，马二"腰里带了几个钱，要到西湖上走走"，是什么样的西湖呢？"一处是金粉楼台，一处是竹篱茅舍，一处是桃柳争妍，一处是桑麻遍野"，啊呀呀，好景致，"三十六家花酒店，七十二座管弦楼"，高消费有情趣好快活的所在呀！到此处，他第二次写道，"马二先生独自一个，带了几个钱，步出钱塘门"，马二游西湖才算正式开了篇。马二腰里的那"几个钱"，听得见在丁零当啷响。后来的几天中，马二先生前前后后吃了十六个钱的面，两个钱的处片，十二个钱的蓑衣饼，以及见了乡里人提着篮子卖的牛肉立即"大喜"，买了几十文钱的大吃一顿，"几个钱"响得更厉害了。在丁零当啷的寒酸回音中，夹杂着马二先生饥饿时的肠鸣声。

马二先生拿出来解救蘧公孙的钱，不是闲钱，那是他吃饭过日子的钱呢。蘧公孙评价他是自己的"斯文骨肉朋友"，一字千金，字字透骨。再看后面接济贫困失学少年匡超人那一章，十两银子以外，马二又给匡超人寻出一件厚墩墩的旧棉袄，一双鞋，这温暖的情境真感人肺腑。

马二的原型是全椒冯粹中，吴敬梓的生平挚友。倘若读《儒林外史》只读到了辛辣的讽刺，你便差了，与之并行不悖的是作者浓烈的情感。倘若一种讽刺背后没有悲悯，那么它也便只是轻薄的挖苦。透过马二呆头呆脑的表象，你可曾看见他诚朴、天真、优美的内心？这便是中国式的知识分子。

"五四精神"愿意把旧文化、旧世界全部打倒，那么马二先生正是一件理应被打倒的旧物。然而这旧物旧得这样柔软，这样贴心贴肺，肝胆相照，我在今日之世道，欲觅一件这样的旧物而不得。

麻辣屌丝

现在流行草根不叫"草根"了，叫"屌丝"。跟"草根"相比，"屌丝"没那么理直气壮正义凛然，显得蔫坏了许多。"草根"有种集体主义的味道，咱们工人有力量，能把美帝和列强吓得满地爬；"屌丝"却个别多了，他们没心思搞集体行动，但架不住每一个事儿啊事儿的场所的角落都蹲踞着一个冷笑的屌丝。

《老残游记》里的妓女翠环出身于破产小商户之家，身价最初是二十四吊钱，可谓是名副其实的"女屌丝"。诸君不知：妓院不仅是消费场所，还肩负着部分大众媒介和文艺期刊的功能，因往来的客官经常往墙上题诗，后来的客人就成为这些诗歌的欣赏者和评论者。翠环有一个独特的癖好：请客人们把墙上的诗讲给她听，所以说翠环的工作性质除哄人开心的 Talk Show 和唱小曲的歌星外，还兼职做着这部文艺期刊的编辑和发行。对于当时文坛上流行的文风，翠环曾经曰过：大部分人写诗，内容无非是"自己才气怎么大，天下人都不认识他"。我读了这句话，想起阮籍"贤者处蒿莱"，陶渊明"一士常独醉"，李白"冥栖岩石间"，不禁为阮籍、陶渊明、李白脸红。翠环接下来说："过来过去的人怎样都是些大才，为啥想一个没有才的看看都看不着呢？"

所以说翠环一出，中国的文艺可以休矣。

《儒林外史》的主人公不少是高富帅，如投身慈善的杜少卿，却也有赤裸裸的屌丝，比如偷几个钱买书看的牛浦。这牛浦冒充在文学界有点小名气的牛布衣，接待了慕名来访的董孝廉，让自己两个舅丈假扮端茶的仆人。董孝廉走后，三人有一番争执。舅丈说，你让我捧茶也罢了，干什么当着董老爷臊我？牛浦说，董老爷看见你两个灰扑扑的人，也就够笑的了，何必等你出错再笑？舅丈说，我生意人家也不要这么些老爷来往。牛浦说，要不是我在你家，你家一二百年也不会有个老爷走进来。舅丈说，就算你认识老爷，你也不是个老爷！牛浦说，看，我坐着跟老爷打躬作揖，你们呢，捧着茶走来走去。舅丈说，原来你是个老爷，好恶心！你还吃着我家的饭呢，还不滚出我家去。

舅丈一句，牛浦一句，真是活色生香的屌丝逻辑，倘若其中有一个人不是屌丝，那么这场口水战就无法进行下去。舅丈是那类愤青类型的屌丝，跟帖中对高富帅冷嘲热讽，看不惯许多社会上的丑恶现象；出于内心深处的自卑感，他的愤怒看起来又很像是在跟自己过不去。牛浦呢？他是好学上进的屌丝青年，一心想着摆脱屌丝身份，进入高富帅的行列，然而屌丝感如影随形，挥之不去。他比舅丈更有理由痛恨这个社会，所有的优势资源与他无缘，令他的进取心一再受挫，然而偶然有一天能与高富帅共进烛光晚餐，这样的人生经历足够他失眠在网上发帖炫耀了。

翠环说："不要跟我谈文艺！"牛浦叹道："心比天高，命比纸薄"，舅丈说："反正我就这屌样，让高富帅和别的屌丝玩他们的吧……"

《聊斋》之外科奇术

亲戚某因心脏病住进医院，动了一次大手术，过程如下：把胸口划开，取出肋骨，把心掏出来，切除已阻塞的血管，缝上从手腕切下来的一段动脉，鼓捣好了，把心塞进去，肋骨安好，肉和皮缝起来。听得我汗潸潸下，连呼道："画皮！画皮！"

我总算明白了：《画皮》中的恶鬼并非杀人魔头，而是救死扶伤、医好王生心脏病的外科巨擘。

看！手法何等干净利落："径登生床，裂生腹，掬生心而去"，为避免损伤肋骨，干脆从肚子里伸进手去，把心掏出来，整个过程满打满算不过几分钟。

修理坏死心脏的工作是由另一人完成的，即"时卧粪土中"的那名"疯者"。科学怪人嘛，难免如此，看看爱因斯坦的发型你就明白了。疯者是在分子学层面上完成带病心脏功能恢复改造的。经过他的一番努力，王生的心变成液体粘稠状的物质，又借王生之妻的健康胸腔形成适宜的培养环境，经过数个小时的介质培养和组织生长，终于还原成一颗"在腔中突突犹跃，热气腾蒸如烟然"的健康、充满活力的心脏。

移植手术的最终完成者是王生之妻。可以理解，完成这样的大手术往往是一个团队通力合作的结果。"急以两手合腔，极力抱挤，少懈，则气氤氲自缝中出。乃裂缯帛急束之"，看，一根手术线都没用！但是采取了分子生物学的方法！令血管、肌肉纤维、皮肤对接分毫不爽的微创手术！"视破处，痂结如钱，寻愈"，病人很快就恢复了健康！

整场手术从开腔到病人复苏不过二十几个小时，技术之先进、手法之精准、治疗之彻底、伤害之轻微，都达到了令人发指的程度！以现在的科学发展速度，再过二百年，能达到这水平乎？

《聊斋志异》或者有未来某本医学核心期刊穿越的痕迹，或者无意中记录了许多穿越的科学怪人在清朝的行径。《陆判》一篇不仅记载了一场"视榻上亦无血迹，腹间觉少麻木"的微创、无痛心脏移植术（手术原因："知君之毛窍塞耳"，是为心梗；手术方法："于千万心中，拣得佳者一枚，为君易之"，是为心脏移植），而且还有一场更为出神入化的"换头术"：趁朱尔旦之妻睡着，切下她的头，把另一颗新鲜的头（从几小时前刚为人杀害的女尸身上切下的）合在项上，按捺了一番，便贴合无隙了。更不可解的是，朱尔旦之妻睡醒后，发现自己相貌大变，这说明，朱尔旦之妻仍完整地保有她从前的记忆和性情，头虽换了，颅腔中之大脑仍是从前那个……

曾看到一则报道：英国赛车少年在一次比赛中折断颈骨，整个头只有少许皮肉与颈相连，但在及时手术之后，竟然令头与身体重新连接起来，并未丧失功能，该少年不久后能重返赛车场云云……这大概是当代医学的巅峰之作了，然而还是追不上陆判。

《娇娜》一篇记载手术过程十分完整，可为研究未来医学发展的宝贵材料。病人病状：胸间肿起如桃，一夜如碗，痛楚呻吟；治疗方案：手术；麻醉：物理方法（脱臂上金钏安患处，将肿块尽束在内，以阻断痛觉神经的传递）；器械：手术刀（刃薄于纸）。术后清洗患处，用药。（药是口中吐出的红丸，外用，在患处旋转三圈，杜绝发炎、败血等症状，有奇效，数分钟后病人连皮肉都长好了。）而拥有这样奇术的女医生，是个"年约十三四，娇波流慧，细柳生姿"的萝莉美女，我们大有理由怀疑：她不是人，也不是狐，而是未来某医疗器械公司制造的：穿！越！机！器！人！

聊斋看美人

　　《聊斋志异》之所以是一部引人入胜的书，书中类型不一、气质各别、来源多样的各款美女是原因之一。然而翻书看时，你发现蒲氏松龄对美女的相貌描述惜字如金。有时出场一"二十许丽人"，用一个"丽"字涵盖一切；"视之，美。近之，微笑。招以手，不来亦不去"，美人的容色神情态度都写完了，又好像没怎么写，其间大片的留白等待读者想入非非；知名度最高的聊斋美人聂小倩，与宁采臣月下相逢，"仿佛艳绝"，又只是一个字的形容，而且还没看清楚。

　　偶尔蒲翁也会负责任地描绘一下美女的姿容，比如狐女娇娜"娇波流慧，细柳生姿"，又比如另一狐女青凤"弱态生娇，秋波流慧，人间无其丽也"，我们可以从中揣测蒲同学的那道菜大概是聪明又柔弱的类型，也就是说，把狐狸这种生物的特长发挥到极致。不过，他似乎也不很执着于心动女生，《娇娜》中，孔雪笠后来娶了阿松，"画黛弯蛾，莲钩蹴凤，与娇娜相伯仲也"，说明娇娜之美并非不可替代。对娇娜的描绘集中在眼部和腰肢，对跟她差不多的阿松就去写眉毛和脚，至于阿松的眼、阿松的腰如何，是否跟娇娜一样地亮，一样地细呢？他没说，我们却暗地里默默认为：那是当然。

《诗经》中说，"出其闉阇，美女如荼。虽则如荼，匪我思且。缟衣茹藘，聊可与娱"。朱熹老师对此解释说，那穿着如荼的红衣服的呢，是外面的野女人，很多，很美，可我不喜欢，我只喜欢家里那个穿白衣服的黄脸婆。朱老师此言透露了他的情趣：他认为红衣服比白衣服漂亮得多。而且他认为穿红衣服的女人豪放会勾引人，所以家里那位放心牌只配穿白衣服。这是朱熹版《红玫瑰与白玫瑰》？

蒲松龄似乎也有类似观点，如那位海公子豢养的胶娟便是"红裳眩目"。但也有另一袭全然不同的红衣，那便是一出场便"着红帔，容色娟好"的辛十四娘。"从小奚奴，蹀躞奔波，履袜沾濡"，这若落入朱老师眼中必是一副淫奔的图像。然而她成为冯生妇之后，勤俭洒脱，日以纫织为事，还规劝冯生不要跟坏朋友来往，在妇德方面可以成为标兵呢！冯生有难时，她出奇计营救之，手腕翻天，至是你终于明白：辛十四娘之坚贞之保守是出于爱情，而非听多了朱老师的教训，内心自由的她本色是一枝含苞带露的红玫瑰。

松龄大哥对女性没有那么多偏见，这使得他笔下的女性美得各具仪态。婴宁"容华绝代，笑容可掬"，小翠"嫣然展笑，真仙品也"，同样善笑，同样是狐女，有娇憨和明媚之别；莲花公主"佩环声近，兰麝香浓"，云萝公主"服色容光，映照四堵"，同样是公主，同样华丽，在宫中看见与在自己家里看见的不同。《青娥》那篇的主人公"年十四，美异常伦"，于是发生了：少年用仙人的斧子挖了个洞，钻到美人房间里，闻着美人的气味心满意足地睡着了。跟青娥一样，那少年也只是个小孩子，却做出了这种奇怪的事，足以印证青娥的美是如何地惨绝人寰天理不容。在这个故事中，青娥的眉、青娥的眼如何我们已经不需要知道了，只有四个字："美异常伦"，你看！你看！

我的前任

　　我的前任是极品，不知以什么方式收买了我的闺蜜（闺蜜是小家碧玉那种，前任是凤凰男，大概两人比较投缘吧），竟然把我的联系方式、兴趣爱好全告诉了他，令他投我所好！在我面前不停吹风，说他帅啊有才华啊还拿他写的什么诗给我看！我年幼好奇不懂事稀里糊涂答应相处，闺蜜雪上加霜火里浇油直接帮助开房！

　　两人好了两个月他就宣称要去北京寻找他的理想，说白了不过是去当个北漂。劳资敏锐地预感到他可能不会回来了，眼泪流了一夜。后来他有信寄来，我也有信寄去，大概觉得我文采不错或者借机可以炫耀他的风流韵事吧，竟然拿我的信到处给人看！说起来那真是劳资无限伤痛的初恋，话说谁没有在年轻时爱过人渣？

后来慧剑斩乱麻忘掉穷屌丝走上幸福路，顺利果断地嫁人，惊人的是某一天菲佣说门外有人找我！隔着 HOUSE 玻璃往外看是他！假如不是早已了解他的极品本质（到处跟人说我待他太主动这样的女人不能要），我不得不说这一款文艺男对我还是有杀伤力的说。不见，一千个不见，你去死吧……（**微博吐槽前任之崔莺莺篇**）

如果能见到前任，我只想问他一句话：来见我你会死吗？人间蒸发啊！两年了！毫无征兆的！为什么？这句"为什么"梗在心头，令姐不吐不快……

听人说他就要结婚了；听人说他知道我在到处找他，我家在他上班必经之路他每天绕道而行明明相隔不到千米却永远碰不到，为了躲避我连地铁都不坐了；听人说为了迎娶白富美他贷款买房工资全部还月供都不够……好吧，一切似乎很明了了，那个"为什么"也不必再问。只是，不甘心。

难道亲口说过的那些都是假的吗？（**微博吐槽前任之霍小玉篇**）

家里送我到澳洲留学，上飞机那天头被电梯门挤了，然后……然后就在澳洲嫁给前任了。第 N 代华侨，家里的独子，我嫁进去当晚他就彻夜不归啊！然后第四天才见到他人啊！打扫卫生的阿珠，做饭的阿梅，对我的话像没听到一样，跟他有说有笑，一见到我集体闭口，好久才知道真实状况，原！来！是！

好吧，这些都是他的"童养媳"，他还有另外的状况有没有，总之一言难以尽述了，当时我还真是年轻啊，总之就是心一天一天凉下去。开始指望公婆为我申冤，毕竟我是他家正式迎娶的，开始他们听到像没听到一样，后来婆婆说你怎么这么多事啊，干脆你去牧场放羊。是真的放羊好吗？他家牧场好大，让我去当工人。

是真的当工人好吗？每天在羊群中周围好多公里一个人也没有！有时候我想大概我死在这里的话也不会有人知道吧！还好遇见了现任：一个留学生。他人真的很好。就是他跟我家里报信说我被虐待了。后来我叔叔直接出资吞并了他家牧场好解恨。总之我回国了。然后就一心一意要嫁给现任。现在我们在一起。（**微博吐槽前任之龙女篇**）

珍珠衫上情人泪

《蒋兴哥重会珍珠衫》是《喻世明言》第一篇，其影响力可想而知。作为市民文学的代表作，这篇讲的是一个女人劈腿的故事：

襄阳青年商人蒋德（乳名兴哥）出外经商几年不归，本来感情很好的妻子王三巧因为生得太美丽被歹人设计诱惑，跟来此行商的徽州人陈商搞在一起，临别把蒋家祖传珍珠衫赠给陈商。陈商归家途中遇蒋德，两人很说得来，于是倾诉了珍珠衫的事，并托蒋德给王三巧捎去情书和信物。蒋德回家休妻。

结局是一般此类小说因果报应的旧套，无非是陈商暴亡，蒋德重娶一房妻室，恰好是陈商那有才色的老婆。然而还有一重结局，即蒋德因陷官司，被某官秉公搭救，然后请入内室，说不是我救你，救你另有其人，接着请出他自己的第二房小妾，竟是三巧。旧夫妻抱头痛哭，肝肠寸断，哭得某官一头雾水，问：你们不是兄妹吗？于是，两人将原情道出，某官大受感动，将妾送还蒋德。夫妻团圆，只是三巧由正头老婆变成了小老婆，暗含"妻必贞洁而妾可以不必"的封建伦理。

情节虽如此，这个故事却蕴含了丰富的近代性，在于：第一，主人公是商人，且不是《贩茶船》、《杜十娘》之类故事中大腹便便、中年貌丑、就知道用钱买漂亮女人回家，可女人宁可跳江也不肯跟他走的商人，而是一个有情有义、聪明清秀、深得美人眷恋的少年郎，这样的人物从前都是应考书生或者宦家公子的；第二，传统的奸夫淫妇故事中，主人公都是潘金莲、潘巧云那样的，从根子上就"不是良人"，有了奸夫就要杀害亲夫，最后不免被"正义"的使者杀了喂狗。王三巧眷恋陈商是一个近世色彩很浓的少妇出轨故事，纯粹是寂寞使然，人欲和情感压倒了伦常；蒋兴哥发现妻子不忠后的一切表现是一个既有血性又富情感的男人的表现，在新小说家手中一定会有大篇复杂挣扎的心理独白；而两人经历了悲欢离合之后竟然还能够团圆，则决定了这篇小说的主题是爱情至上的。

所以我遗憾五四期间没有新小说家改写这篇，否则一定会成为高举反封建旗帜的雄文。为弥补这个遗憾，我决定戏仿大师们，把《珍珠衫》改改看——

张资平版《珍珠衫》：

她一个人痴坐在房间内，并不是为别的事，不过她此刻看见一年前刺绣的一只小帆船——那帆儿涨满着在风中飘荡，只等着解缆快快回故乡的帆船——她便联想到她久别不归的良人了！思念到蒋兴哥，良心即刻跑出来责备她，骂她不应当为一个男子——并且不是她所应当眷恋的男子——而那么久没有想到他；不应当跟那男子说尽了他们之间还没有说够的情话。良心责备得她很厉害，逼得她一年来没有一晚不发噩梦，没有一晚睡得安稳。但没有神的良心总靠不住！她精神涣散，神经中心点疲倦，良心没有表现的时候，她还是思念陈商的时候多，思念蒋兴哥的时候少。她犯罪！她的确犯了罪！

张爱玲版《珍珠衫》：

也有时候说到她丈夫几时回来。提到这个，陈商脸上就现出黯败的微笑，眉梢眼梢往下挂，整个的脸拉杂下垂像拖把上的破布条。这次的恋爱，整个地就是不应该，他屡次拿这犯罪性来刺激他自己，爱得更凶些。三巧没懂得他这层心理，看见他痛苦，心里倒高兴，因为她想着跟他私奔，把和她丈夫有关的一切扔在这冰清寂寞的楼上，只要跟他有关的。无时不在的日晒，仿佛要晒透这一时一地，把亿兆年的热倾尽了似的，却又带着点胆怯，带着些不能，只好草草弥补些"我尽力了"似的绛红色给人看。

43

......

　　正午的太阳照到红色缎面的锦被上，上面凫着的金丝成对鸳鸯亮得耀眼。王三巧的心与手在那片光上停留了一下，忽然想起她小时候，站在大门口看人家迎亲，花轿前呜里呜里，回环的，蛮性的吹打，把新娘的哭声压了下去。轿夫在绣花袄底下露出打补丁的蓝布短裤，上面伸出黄而细的脖子，汗水晶莹，如同坛子里探出头来的肉虫。隔了这些年王三巧还记得，虽然她自己已经结了婚，而且结了三次了——对象却只有两个，还有一个，不能算作结婚的。

　　生在这世上，没有一样感情不是千疮百孔的，然而三巧和蒋兴哥在这一刻还是相爱着。

　　曹禺版《珍珠衫》：

　　王三巧：你换一把大点的团扇，我简直有点喘不过气来。

　　（晴云拿一把团扇给她，她望着晴云，又故意地转过头去。）

　　王三巧：怎么这两天没见着陈少爷？

　　晴云：大概是很忙。

　　王三巧：听说他要回徽州去？

　　晴云：我不知道。

　　王三巧：你没有听见说么？

　　晴云：倒是上次陈少爷来，跟他的人说是做了几件路上穿的衣裳。

王三巧：薛婆干什么呢？

晴云：大概到东街卖珠子去啦。——她说，她问太太的好。

王三巧：她倒是惦记着我。（停一下忽然）他现在还没来么？

晴云：谁？

王三巧：（没有想到晴云这样问，忙收敛一下）嗯，——自然是陈少爷。

鲁迅版《珍珠衫》：

她们不回答，只看看他的脸，便来给他解下装着银子和牙刷的网兜。蒋德突然心惊肉跳起来，觉得三巧是因为等他不来寻了短见了。但他一跨进房，便知道这推测是不确的了：房里也很乱，衣箱是开着的，向床里一看，首先就看出失少了首饰箱。他这时正如头上淋了一盆冷水，金珠自然不算什么，然而那祖传的珍珠衫，也就放在这首饰箱里的。

"唉。"蒋德坐下，叹一口气，"你们太太就永远跟着别人快乐了。她竟忍心撇了我跟人私奔？莫非看得我穷起来了？但她三年前还说，若跑去做商，才是思想的堕落。"

"这一定不是的。"晴云说，"有人说少爷依旧阔绰。"

"有人说少爷放了道台了，"暖雪说，"还说不阔？"

"放屁！——不过我确实太久没回来看看，难怪她忍不住……"

"那网兜脱线的地方，我去给它补一补，免得小块的银子掉出来。"晴云就往房里走。

"且慢，"蒋德说着，想了一想，"那倒不忙，我实在饿极了，还是赶快去做一盘辣子鸡，烙五斤饼来，给我吃了好睡觉。明天再找薛婆打听打听，问明了追上去罢。"

名妓钱事

据大量史料、笔记、稗官小说的记载看，"名姬"这个阶层（"妓"字来源于"伎"，原指有才艺的女人；古人称稍有身份的妓女为"姬"，今人遂讹称为"鸡"，将其与那种脑小胸大、咕咕叫，不会飞只会扑扑楞楞的家禽混为一物，顿觉粗鄙难堪、风流不继）是巨额社会财富的拥有者。杜十娘百宝箱一开，"翠羽明珰、瑶簪宝珥，充牣其中"，此外更有古玉紫金、夜明之珠、祖母绿、猫儿眼诸般异宝；王美娘（花魁娘子）千金赎身，大封白银加金珠宝玉，把中人刘四娘惊得眼中出火，然而付掉了这些，她的箱笼里还有"黄白之资、吴绫蜀锦"三千余金，"慢慢地买房置产、整顿家当"，过上了驱奴使婢的太太生活。

同是富有私蓄的名姬，两人的财商不可同日而语。就行事风格看，王美娘可以说无一毫欢场女子习气，于千万人中，独识卖油郎"是个志诚君子",其余"豪华之辈、酒色之徒","但知买笑追欢的乐意,那有怜香惜玉的真心"。这是杜十娘所不具备的见识。世上原是先有了扫兴之人,这才兴起无数扫兴之事;自己眼力不济,错爱一个李甲,珠沉玉碎也就不必提了。而"眼力不济"正是欢场女子的通病。清笔记小说《道听途说》中议论,"大抵烟花中眼力,多在出手大方上看人",这也正是"俊俏庞儿,温存性儿,撒漫手儿"的李甲斩获美人心的原因。

杜十娘与王美娘是同一声价的"名姬",这从两人的赎身费相同(千金)可以看出。然而杜十娘绝对是欢场老手,王美娘本质上不失为一良家妇女,何以见得?从业多年,杜十娘的储蓄有万金之数,王美娘还不到她的一半,联想起美娘的几个熟客关系好到可以供她寄顿箱笼,十娘的客人却"一个个情迷意荡,破家荡产而不惜",可以揣摩得知两人收入何以差以倍计。从良时,十娘更是跟老鸨儿把身价狠砍到了三折,只花了三百两银子;不似美娘,除老老实实的白银外,还拿了不少首饰出来,被人克扣了不少价钱,花了不止千金之数。到此时为止,杜十娘比王美娘精明了不知多少倍。

卖油郎爱上花魁,辛苦攒了一年多的钱,才凑足十二两夜合之资,结果逢花魁酒醉,大吐大睡,他目不交睫地照顾了一晚上。侵晨,花魁酒醒,略谈几句,便知他对于她是真的爱情。临走送了他二十两本钱；秦重走后，千万个孤老都不想，却把秦重想了整整一日，是她也已经爱上他了。对深爱的人只赠二十两，是因为二十两是最适宜的数目，何等得体，每当读到此处，只觉缠绵悱恻，暗流涌动。

杜十娘跟李甲上船前，送李甲的银子也是二十两，只不过伪装成姐妹的赠物；至于自己有多少私房，一毫也不让李甲看出。赎身费如此低廉，也逼迫着李甲四处借贷，实在借不出时，才用破棉絮包了一百五十两给他，剩下的仍需他设法。在钱方面，杜十娘对李甲可以说是严防死守、步步为营，然而这精明毕竟没有用。平心而论，李甲不算很坏的人，他只是庸碌，然而他深深得罪了杜十娘，在于他恰触犯了"钱"这个欢场女子的死结：她自己兴之所至可以怒沉百宝箱，但决不容许你为了她的钱同她交往，更忌讳你为钱出卖她。

杜十娘投江时，最宝贝的那个匣子是抱在怀里的，可见舍不得，这一生辛苦算计、厕身下贱、卖笑追欢、迎来送往，就只换了这么些东西。看王美娘，嫁给有情郎后，"都将匙钥交付丈夫"，"把家业挣得花锦般相似"，既洗白了出身，又获得了幸福，其财商表现在：相信爱情，相信储蓄、勤劳、诚信经营，而这些，俱是欢场女子决不肯相信的东西。

"A 片区"

2010 年上海世博会把日本馆放在"A 片区",网民的幽默认为这"名副其实"。苍井空的新浪微博在注册后十几个小时内,粉丝数便超过了她在 TWITTER 上培育了若干年的粉丝数,可见日本情色文化虽然在中国屡遭禁止,却始终不绝,愈是禁止,愈造成好奇心态高涨。

事实上,一个 A 片明星在日本发片的首映仪式,就像中国某小众导演的处女作发片一样寥落。在原产国,这东西产量可观,然而剧情乏味,彼片与此片的差别,如米兰·昆德拉所言,不足百分之二,固可以本着"日日新"的儒家精神对"百分之二"宇宙未解之谜进行无穷探索,追星就不必了,那百分之九十八外加已经熟悉的百分之二有什么好看的,难道是想"日日旧"吗?然而追根溯源起来,作为我们的东邻,整个古代受着汉文化的熏陶和浸泡，却发展出如此发达的情色业，难道是儒家文化存在另一种可能性？

倘若向文学传统中寻找原因，不得不说起《源氏物语》。《源氏物语》是本什么书呢？按照中国学者叶渭渠的解释，这是一部"通过源氏的恋爱、婚姻，揭示一夫多妻制下妇女的悲惨命运"的名著。那么你或许要把它看作日本的《金瓶梅》。我要告诉你《源氏物语》出自宫廷女作家之手，其中并没有任何淫秽描写，那么你或许要把它看作纯洁版、宫廷版的《金瓶梅》。其实差矣！中国最大胆、最风月笔墨的男人，也不敢写这么一部书——

话说源氏是桐壶帝与更衣生的皇子，他成年后，眷恋上桐壶帝的继配藤壶皇后，即他的后母，并悄悄与他这后母生了孩子，即后来的冷泉帝。而藤壶女御虽是桐壶帝之妻，她本来的身份是"先帝的第四皇女"，即桐壶帝的侄女或堂姐妹，源氏的堂姐妹或者堂姑。这一笔账就已经令人算不过来了。

源氏娶的是葵姬，是皇上的胞妹之女，两个人是姑舅亲，跟贾宝玉林黛玉一样。近亲结婚看来是古代社会常有之事，不拘中国日本。但他和另几位情人，以及这若干位情人相互之间的关系，在中国历史上是绝没有参照物的：空蝉，是邀他来家中做客的友人纪伊守的后母，他的另一情人轩端荻则是纪伊守的妹妹；六条妃子，已故皇太子宠妃，是源氏的堂婶，源氏与她的恋情是

"过了明路的"，六条妃子并一度成为源氏继配的热门候选人，后来源氏又曾追求她的女儿未遂，便把这情人和自己堂叔生的女儿嫁给了自己名义上的兄弟、实际上的儿子冷泉帝，做了自己名义上的弟妹、实际上的儿媳妇；夕颜，是他的妻兄头中将已分手的情人，而源氏和头中将共同的情人除了这位以外，还有一位五十七八岁的尚侍老女；胧月夜，与源氏私通在先，后来嫁给了朱雀帝，成为源氏之嫂；而本书女主人公紫姬，先是做源氏的养女，后来与源氏圆房，成为一位"如夫人"。而紫姬的身世，则是兵部卿亲王的私生女，兵部卿亲王则是源氏后母的哥哥，也就是说，她是源氏名义上的后母、实际上的孩子他妈的亲侄女……

我还没把这故事讲完，相信你已经头晕眼花了，不敢相信这一位被日本封建社会宫廷女作家誉为天神一样的源氏大将怎能如此风流，上至母、姊，下至养女，通通不肯放过，以至"淫其母，以及人之母"，以至"养小叔子的养小叔子，扒灰的扒灰"……就经验而言，对帝王之家淫乱生活的描绘，中国也有"臭汉脏唐"，也有扒灰主题的《杨太真外传》，但如此广泛而深刻、全面而复杂的乱伦，也只有出自令我们高山仰止、顶礼膜拜的 A 片泱泱大国——日本了！

嗟尔越南万古愁

清初小说《金云翘传》，主人公均是《明史》当中有传的人物。嘉靖年间胡宗宪灭东南大寇徐海等人，有一个人起了极关键的作用，即徐海的爱宠、名妓王翠翘。为了使徐海投降，胡宗宪百般贿赂王翠翘，而英雄难过美人关，笑傲江湖的徐海也果然就听了这女人的话。孰料徐海投降过去便被杀了。王翠翘此时方知自己害了徐大英雄，愤而投海。唉，可怜呐，血淋淋的历史告诉我们：政治，让女人走开。

从历史到小说，《金云翘传》增添了许多曲折的情节，凭空多了若干有名有姓的人物，把王翠翘的一生渲染得更加可怜：她本出身宦门，不得已卖身救父，误入匪徒之手堕入青楼，中间也曾从良嫁为人妾，但为大妇不容再次堕入娼门，直到遇见了徐海……《金云翘传》在中国的小说之林中地位不高，负责任地说，这是一部三流的作品。然而这部小说在十八世纪末被越南诗人阮攸翻译成了越南诗歌（使用一种叫做"字喃"的越南文字，写成所谓的"六八体"），从此成为越南文学当之无愧的经典。从黄轶球的译本看，越南叙事诗《金云翘传》在情节上几乎百分百沿袭了中国小说，人物一个不漏地依序出场。《金云翘传》在越南影响巨大，在越南政治风云变幻最为惨烈、数次沦为战场的二十世纪，不少革命干部用"翘体"写宣传材料、抗敌诗歌……

越南自古以来是我国的"桂林象郡"，像琉球、高丽一样，被卷入中华文化巨大的漩涡难以自拔。而中国文学中最深邃精妙的部分，如李商隐那样的诗人，从来就很难被操着异国语言的藩属文化吸纳，日本那样善于学习的民族，也不过拿走了一个白乐天，越南钟情一部不见得高明的"金云翘"并不足为奇。然而，我越看"金云翘"，越觉得这个民族的选择别具深意。在黄轶球译本的第71页有一张插图，"一轮月色，半照孤眠，半送长征"的题目下，画着一名卧眠的少女，其发式服装、风姿神韵，完全是一名越南少女！这不是王翠翘啊，或者说，"翠翘"在越南诗歌中重新获得了她的异国生命。

越南女孩一般清瘦美丽，穿垂地的长袍，梳妆简淡。越南人民眼中的翠翘不再是那个出身山东临淄、艳丽无双、思维简单却又头脑发热的青楼女子，而成为越南人情感的象征。她最动人的地方在于：她无罪，却屡遭命运的不公。王翠翘的本意仅仅是守住家园和爱情，然而，一次又一次，由于突如其来、不可抵抗的强大外力，她陷入极度悲惨的境遇中，柔弱女子跟官吏、流氓、鸨儿、宦家甚至整个社会对抗，竭尽全力却不免粉身碎骨，到最高潮的部分，因为有了英雄徐海，她得以回到家乡，快意恩仇，无辜少女进行对人间善恶的绝对审判，将酷烈的仇恨倾倒于家园的毁灭者……

"法国人的帷幕落下，随即帷幕揭开，现在是美国人主宰傀儡戏。"

"一千年隶属于中国，接着是法国人的统治，——一切都结束了。现在自由了。"

这是美国越战小说《烟树》中的句子，主人公——越南游击队员——在进行这番对话时，越战一触即发。1964 年 8 月 4 日，美军在越南海面遭遇了"莫须有"的轰炸，随即总统发表电视演说，号称为"反侵略"而进行空袭抵抗。8 月 13 日谈判时，越共代表范文同脸色铁青——预感到了不可避免的战争，他洋溢着王翠翘之血恨。而胡志明，是否应当有另外一个名字：徐海？

谴议风月

古人的性倒错

从原型角度解读中国经典的文学形象，你将发现：不少人物都具备双重性别。花木兰替父从军，祝英台女扮男装，还有什么女状元、雌驸马，这是钗而弁系列的；在古典时代贾宝玉是当之无愧的大众情人，可是带着三分女相，假如我们把这个形象的文化内涵全部忽略而只去追究他的外在，那么他也就是晚清李涵秋《战地莺花录》里林赛姑那一种人。这个照着"贾宝玉"脸谱勾勒出的形象从小就有异装癖，跟"姐姐妹妹"一起长大，说话娇滴滴，穿红插翠，自己都搞不清自己是男是女。娘成这样，还艳遇不断，前有少女赵瑜，后有少妇缪兰芬。

中国古代的性问题是一盘糊涂账，充满了各种匪夷所思的倒错现象。钗可以弁，弁可以钗，也可以两美相爱如《聊斋》里的封三娘和范十一娘，也可以泣前鱼搞男同，狐狸、蛇和刺猬修炼成仙都可以跟人相爱，是各种情况的人兽恋，至于一个男人同时爱着一群女人，更是普遍。通常我们以为古人生活得十分压抑，可这么掰着指头算起来，古人拥有如上各种形态的性自由，完全不会引起任何舆论障碍，只有一个绝对的禁忌：那就是一个女人不可以爱两个（以上）男人（哪怕在不同的时间都不行）。

《醉茶志怪》中的《爱哥》讲了这么个故事：某富翁无子，只有一个女儿爱哥，对她宠爱过度，令她从小着男装冒充男孩长大，后来竟然给她娶了御史家的女儿做媳妇。爱哥自然是不入洞房的，她只跟之前娶的小老婆睡觉。而这个小老婆，实际上是个优伶，也就是说，是个假装成女人的男人。大老婆不知道这一层，终日悲愤，爱哥没有办法，把小老婆送到大老婆房中，令他们一起睡。……故事的结局是：爱哥生下了"小老婆"的孩子，冒充是大老婆生的，她实在嫉妒大老婆和小老婆之间的关系，于是郁郁而死，那二位在她死后同谋私奔，最后误被盗贼所杀云云。

一个假装成男人的女人娶了一个假装成女人的男人，又有一个真的女人表面上是假男人的妻子其实是假女人的老婆，他们之间的三角恋是多么地复杂而纠结啊，不像"梁祝"只是简单地临时地变性，到时候变回来就可以结婚了。

那个写《随园诗话》的袁枚做了四十年老名士，好色又有恋足癣，七八十岁时还喜欢着十来岁的萝莉，毫不羞愧地把皱巴巴的老黑手伸向一个又一个无辜的幼女。更可怕的是他还男女通吃。他在他忠实地记载了自己和其他人乱力怪神的生活状态的小说集《子不语》中写道，有一个年轻进士在福建做巡按，发现有个仆人胡天保总是在他升堂时目不转睛地对他凝视，后来又抓住此人偷窥他如厕。拷问此人，他哭着倾诉衷肠，说看见大人的美貌念念不忘，明知道大人是天上桂我是凡鸟，可就是相思成灾。巡按大怒，把他打死了。袁枚对此颇不以为然，又讲了一个同样的故事，提示了一种更解风情的解决方式：某车夫投身到某翰林门下，服役十分勤谨，连工钱都不要。后来车夫病得要死，临死对翰林说，事已至此，不得不说了，我之所以病而且死，全是因为爱爷貌美。翰林大笑，拍其肩曰："痴汉子！果有此心，何不早说！"

——这简直是一部清朝版的《东宫·西宫》。王小波在天有灵，可以把两个故事结合起来重新演绎："胡天保被他打死已经有一段时间了，他看不到他，摸不到他的身体，嗅不到他的气味，但是他午夜的托梦能使他如受电击。这种感觉从未有过。巡按自己也说：这就是爱情吧。"

男人和女人的友谊

较早写到男人和女人的友谊的小说，是《虬髯客传》，友谊发生在虬髯客和红拂之间。红拂在客店床前梳她的垂地长发，炉中煮着一锅肉，李靖在旁边刷马。虬髯客骑着一头毛驴来了，他像进了自己的家一样，把行囊往炉前一扔，便取个枕头歪着，看红拂梳头。其时，红拂与李卫公私奔未久，虬髯客并不认得他们二位，后来他们被合称做"风尘三侠"。大侠们的举止是那么明快爽利：在红拂梳头的几分钟安静时光内，两人的友谊已经结成，第一眼看去便知是风尘知己，剩下的只是等那汉子刷完了马，拔出腰间匕首，把那炉中的羊肉切开来一同吃。

小说这文体在中国本来不高级，写来写去多是些男男女女，而写小说的多是些不得志的穷酸，大街上看不见女人，家里只有一个年过半百的黄脸婆，又没钱喝花酒，只好闭上眼睛猛想天仙降临，所以古代小说中的男女之间遑论友谊，连爱情都很不自然。动植物变成的女人（狐仙，花妖，鼠精，蜜蜂精……）和死了的女人（女鬼）一看见男人，便主动上前搭讪，聊不上三五句，便开始宽衣解带。唉，真不正经！看多了满纸患了色情狂一样的男女令人气闷，看《虬髯客传》分外神清气爽。

慵讷居士的《咫闻录》中有篇《周大司农》，姓周的在旅舍二楼一个怪怪的房间住下，墙壁间突然掉下来一个美女——这样的小说一般接下来的套路是：美女跟书生成其好事，第二天或若干天后书生死了；书生拒绝了美女的引诱，没有死；书生不仅拒绝了美女，还想办法把美女打死了，美女变成了动物甚至器物……然而这篇没有按照套路来。这风神嫣秀、明眸炯炯的女子令人惊悚地现身，不过是为了跟姓周的"一谈今古"。二人果然畅谈了一夜，女子清谈"出入经史，辩驳出人意表"，周私念："如得此人时常晋接，实为良友。"看到此处，我不禁对慵讷居士刮目相看：在旧的时代，愿意跟一个女人做朋友，尊敬这女人的人格和才华，而不是马上想到要与她共效于飞的人，本来不多啊！

《谐铎》中亦有精通《周易》、能言善道的狐女，只不过这狐女虽学富五车，其研究学术的目的不过是为了说服书生与她"同寝处"，读书并未提升她的思想境界。穷酸们明明是自己在意淫，还非要说是狐女想尽办法勾引他，可恶之极。《聊斋志异》中尽多投怀送抱的狐女，然而柳泉还算是有思想境界的人。《娇娜》一篇，娇娜替孔生治病，孔生便爱上了她，悬想容辉，苦不自已。然而后来有人给他介绍了容貌与娇娜不相上下的阿松，他娶了阿松，也便不想娇娜了（可见这些男人爱的只是一张表皮。索德格朗的诗云：你寻找一个女人，却找到一个灵魂，你失望了）。后来娇娜与孔生还有故事，他们一同患难过，终生亲如一家人。蒲松龄说他不羡慕孔生有贤妻，羡慕的是其有腻友，可见有一位能与之灵魂相接的女性朋友也是男性的宝贵财富。"观其容可以疗饥，听其声可以解颐。得此良友，时一谈宴，则色授魂与，尤胜于颠倒衣裳矣。"

表白的 101 种方式

爱一个人，如何让他（她）知道，从来都是一个纠结的话题。今天尚且如此，何况在恋爱不自由、男女有大防的古代。不过不要过分担心，古人永远是很有办法的。

在一个视男女之事为洪水猛兽、在异性之间设立了重重屏障和禁区的社会中，郎有情妾有意的一对男女表白心迹必须遵循两个原则，第一是迅速，第二是隐蔽。之所以迅速，是因为见面的机会太少，又往往很短暂，如果不在有限的时间内表明自己的心意，让对方想出再见面的办法，两人很有可能就此永远错过。

在这一原则下，最迅速的方式莫过于"相视目成"：用目光告诉对方，"我是喜欢你的"。《西厢记》中，崔莺莺使用了这一表白方式，被王实甫那生花之笔描写得荡人心魄，叫做"怎当她临去秋波那一转"。看！"一转"！我们本来以为，又得"相视"，又得"目",又得"成",是一套很复杂的眼部动作,没料到被天生尤物崔莺莺几秒钟就搞定了,惹得张生"透骨髓相思病缠","铁石人也意惹情牵",发生了一大篇恋爱故事。

这一表白方式由于迅速、隐蔽、有效,在古代被使用广泛,即使那人的眼睛存在斜视、近视、远视以及弱视等种种情况,没有接收到美人的目光讯号,那美人也不损失什么,更不会留下什么表白过的把柄被人发现。其局限是太过含蓄,你无法确定是美人真的对你有意思,还是你自己"妄想被泡症"发作。

更为明确但同样隐蔽的经典表白方式,还有"琴挑"和"传简"两种。"琴挑"以司马相如为最著名,他在卓文君隔壁院子里弹了半天琴,卓文君就收拾收拾,跟他私奔了。直到今天,还有很多男生一进大学就开始学弹吉他,拟作为表白道具。至于"传简",说白了就是情书,然而情书怎么写,也很有学问。一般来说第一个回合都是传诗,卖弄文采,博取好感,同时欺负丫鬟婆子看不懂。《剪灯新话·秋香亭记》中,采采令侍婢交给表兄商生的诗,题目是咏桂花,内容为:

> 秋香亭上桂花舒,用意殷勤种两株。愿得他年如此树,锦裁布障护明珠。

这样的诗到了商生手中,自然是"惊喜","事就这样成了"。然而这两种表白方式也有局限,在于须通音律、懂文学,倘若不懂这两样，简直就是被剥夺了表白的权利。

　　然而，我所见到的最精彩的表白，偏偏发生在一个市民女儿身上。《醒世恒言·闹樊楼多情周胜仙》一篇，周胜仙在春游路上遇见帅哥一枚，"四目相视，俱各有情"之后，发愁的是如何令那人知道自己是谁，住哪里，此时正巧听得外面水盏响，女孩儿便让卖水的倾一盏糖水来，只呷了一口，便把那个铜盂儿望空打一丢，借口盏里有根草，嚷了起来："好好！你却来暗算我！你道我是谁？我是曹门里周大郎的女儿，我的小名叫做胜仙小娘子，年一十八岁，不曾吃人暗算。你今却来算我！我是不曾嫁的女孩儿。"……

秦观的三生情缘

看官，你学富五车，必定知道"苏门四学士"之一秦观，也不会不知道南宋大诗人陆游，说说看，他俩是什么关系？也许你架上金丝镜，在历史书堆中查了半天，告诉我说：陆游他外婆姓晁，所以陆大诗人有一个名叫"晁补之"的三舅姥爷，此人是秦观在苏门的师兄弟呢！恭喜你，答对了，只是，还不全面。事实上，这俩人的关系并没有表面看上去那么曲折，陆游是秦观的转世灵童，他俩实际上是一个人……

请看：秦观，字少游，而陆游呢？字务观！

不管你信不信，反正写《四朝闻见录》的叶绍翁信了，写《陆游传》的朱东润老先生，也认为陆游他爹是因为他娘在生他之前梦见秦观，从而意识到自己儿子是秦观投胎，才给他取了这么个名字。这么说，"有情芍药含春泪，无力蔷薇卧晚枝"的秦少游转世后一改旧腔，"白袍如雪宝刀横"，诗词中透着一股杀伐之气，"三更抚枕忽大叫，梦中夺得松亭关"，这回谁敢再说我是"女郎诗"？

以上所述是"秦观—陆游"的轮回后传，其实还有一个"前传"，秦观也是某一个有名的人投胎转世的，谁呢？看官，请问你是否知道苏蕙苏若兰和她的回文织锦《璇玑图》？你可知道，苏若兰那个很没有节操的丈夫叫做窦滔呢？多亏这个贤惠又聪明的老婆，令他也在历史上留下了名字。现在请记住了：秦少游就是这个窦滔转世（看人家真是节节高呢，从只会欣赏老婆作诗，到自己也会写只是写得像女人，直到最后写纯爷们的诗），而苏若兰转世后到了哪里去呢？《醒世恒言》中有一篇《苏小妹三难新郎》，你若读过，不难得出答案：苏若兰转世之后还姓苏。看这篇小说中苏小妹做的叠字诗，从排列奇怪的两行字中能读出一首完整的诗来，是不是很有"璇玑"的余韵？

窦滔变成了秦观，苏若兰变成了苏小妹，而那个曾经令窦滔意乱情迷的小三赵阳台，也终于投胎来到北宋的长沙，做了一名爱好文学的妓女，一生痴迷秦少游的诗，想嫁给他，眼看就要"三"进秦家当小老婆了，秦观却死了，她于是也殉情而死。

"窦滔—秦观"转世故事见于《西湖二集》，"秦观—陆游"的桥段则只有大佬耆宿们在他们庄严的著作中展开过想象的羽翼，还没有形成文艺作品。容我发挥一下："苏若兰窦滔—苏小妹秦观"组合有惊无险地度过了两世夫妻生活，郎貌女才闺房唱酬白头到老好不快活，不料误伤了赵阳台，"阳台—长沙义娼"这一脉相承的灵魂虽两世为娼，对"窦—秦"却是真爱，一直没有得到，又有可歌可泣的殉情之义。另一方面，在封建伦理范畴内，"苏若兰/苏小妹"嫉妒丈夫的爱妾是不对的，所以，到了陆游这一世，乾坤开始了大挪移，苏小妹再度转世成了表妹唐婉，两人情深缘浅，长沙义娼化身为王氏，无怨无悔地照顾了陆大诗人一辈子……

这么说，陆大诗人临死前，除了"家祭无忘告乃翁"的爱国情怀外，恐怕对人生还有另一番感悟呢。这是永恒的"红玫瑰与白玫瑰"剧本的重演：在他的"窦—秦"时代，娶的是惊鸿照影的文艺女青年，难免对不识字的白玫瑰有出格的留恋；而在陆游时代，他却凋零了一枝红玫瑰……

是谁点了秋香

老舍先生在英国，曾经花六个便士买了一本罗曼司给他房东的女儿看，"内容大概是一个女招待嫁了个男招待，后来才发现这个男招待是位伯爵的承继人"。房东的女儿看得津津有味，"这本小书使她对我又有了笑脸"。他仿佛不经意间提起，"房东太太的女儿往往成为留学生的夫人"，然而这段罗曼司并没有发生在老舍先生身上。他看不上达尔曼小姐，嫌她有小市民气。

那本小书看来是一部英国版的"唐伯虎点秋香"，各国小市民的口味出奇地一致。说起中国的市民小说集《警世通言》所载的"唐伯虎点秋香"一事，它是否取材于唐寅的真人真事，值得商榷。在虎丘遇见游春女，内中有秋香，于是动心，微服求佣其家的事，见王同轨的《耳谈类增》，主人公为陈玄超，据说故事来源是屠隆的《吉道人传》。爱一个女人以至于跳出自己的身份，花上几年时间专心专意追求她，这样的男人可谓用心良苦。况且身为婢女的秋香只同他见过一面，除了美之外恐怕别无所长，纵使有所长也非他所能了解，陈玄超的好色指数真是超乎寻常呢。好色之徒肯定不会只爱一个女人，因此《耳谈类增》中这故事的女主人公不止一个，他后来又娶了一琵琶妓，连同正室，四人正好凑一桌麻将。犹嫌不足，他陷身另一爱情故事，御史家的女儿为他情死，他出家以报答她。

荒淫的男人周旋于若干痴情女之间，这情节很像是日剧，秋香顶多算是前半部的女二号。在姚旅的《露书》中，秋香已经上升至女一号的位置，男一号改名为之任，姓华，他做男佣时易名叶昂。到了冯梦龙的《情史》，男主人公成了唐寅，他到华学士府帮佣，易名为华安，已经与《警世通言》中的《唐解元出奇玩世》全同，只是不知道为什么"秋香"不见了，易名为"桂华"。《情史》中，陈玄超或者华之任在主人家，偶遇贵客上门，被客认出这是权势冲天的白吏部的亲戚这一情节，变作了主人长久以来钦佩唐寅的诗画，最终得知他家的书童华安正是他梦中的偶像唐伯虎。

这样看来，唐寅是躺枪的模范，秋香是有才子情结的市民小说作家硬派给他的。不过唐才子躺着中枪不是第一次了。他当年参加会考，成绩很好，眼看着就进士出身了，不料被牵连进科考舞弊案，从此跟功名无缘。他这一辈子注定了只能做文艺男青年，于是成了名满天下的才子，风流自赏，清高脱俗，所以做得出为了一个女人弃身份如浮云这种事。——这就是这故事被派给唐伯虎的逻辑。于是，一个登徒子无所不用其极追逐女色的故事变成了此曲只应天上有的浪漫爱情。

我不得不说，在美好的古代，中国的小市民比英国小市民优雅得多，因为他们热爱能诗善画的才子，认为他比高富帅或者官二代更配得上做浪漫故事的主人公。

唐明皇艳史

唐明皇不是诗歌、小说、杂剧、传奇一代代作家建构出的完美情圣,他对杨玉环的爱情亦不是那么专一而永恒,这大概才是历史的实情。

白居易、陈鸿、白朴、洪昇这一长串做着好梦的文人序列最后,站着一个打酱油的鲁迅;他有一部没有动笔的长篇小说,"以玄宗之明,哪里看不到安禄山和她的关系,所以七月七日长生殿上,玄宗只以来生为约,实在是心里已经有点厌了,仿佛是在说'我和你今生的爱已经完了!'"洵有是理。而实际上的明皇,可能比这更糟。

天宝四年唐明皇爱上杨贵妃,其时他已是个老头子了,也就是说:这是一个有故事的人。在爱情方面,杨妃之前,他的故事已是一部长篇小说,这小说无可争议的女主角是武惠妃。唐明皇和武惠妃的故事很像《长生殿》的预告片，具备了杨妃故事的几个重要情节因素：明皇对武妃的专宠从开元初起，历二十余年不歇；武妃死后，明皇对她思念不置，粉黛三千在她生前少有进幸，在她死后依然没有颜色。武妃故事中甚至也出现了《长生殿》中的奸臣：李林甫就是走武妃路线平步青云的。

洪昇在《长生殿·例言》中说："情之所钟，在帝王家罕有。"该剧作家一生穷困潦倒，在他中年时，突然获赠一笔财富，他并没有把这钱交到陪他嚼菜根的老妻手中，而是用它到江南购置了一名歌姬做小老婆。在他看来，君王对一个女人保持十数年不歇的热情是个爱情的奇迹，这如吃糠咽菜的穷人看不懂王孙贵族何以鱼肉当前不肯下箸一样。

然而，唐明皇"专一"的背后藏着一个惊人的数据：他一生和至少十七名女人生了三十个儿子。（生女儿的不算！）他的最后两个儿子是武贤仪生的，该武贤仪是武惠妃的侄女，开元中入宫，号称"小武妃"；从历史记载看，她像是明皇于杨妃之前宠爱的最后一个女人，她获宠或许跟武妃有不可分割的关系：武妃殁后，明皇想从另一个女人身上找回她的影子。

杨妃在归玄宗前，是寿王的老婆。寿王是谁呢？他是武惠妃生的儿子。武惠妃在日，寿王受玄宗的恩宠可谓盛矣！武妃在寿王之前生过两男一女，都不幸夭折，寿王是她成年的第一个儿子，一度成为太子的热门人选。被夺妻之后，这位寿王的感触如何呢？李商隐诗曰："夜半宴归宫漏永，薛王沉醉寿王醒。"千载之下，我们犹可想象这位"十八郎"的痛苦和惊愕。然而玄宗的逻辑似乎一向是爱他的女人而为了他的女人才爱她生的儿子的。他曾为了爱武妃和寿王杀了另外三个儿子：废太子瑛、鄂王瑶、光王琚。废太子瑛是玄宗长子，其母赵丽妃是玄宗在武妃之前的最爱——这一幕幕情节仿佛轮回。

"六军不发其奈何"的马嵬坡事件中，"六军"的总统帅是陈玄礼，是玄宗在潞王时期的旧人，后来玄宗当了太上皇，与陈玄礼还不时来往，并未怪他杀了杨太真。（《长生殿》中，俞振飞扮演的明皇哭道："苦恨那陈玄礼！"）杀杨妃或许是玄宗主使，他恨她引起安史之乱。但这也不妨他后来对她思念不置，正如天宝五年、九年那两次，玄宗一怒之下把杨妃撵出宫外，又因为想她而吃不下饭，于是接回来一样。

值得一提的是：杨妃也并非玄宗的最后一个女人。玄宗最后的爱宠叫九仙媛，从几则野史小说的记载看，此人似乎骄而且妒，颇有些才艺——活脱是杨妃的翻版。

少女之心

以娼妓为主人公的古典小说，唐有《李娃传》，宋有《谭意歌传》，至清则蔚为大观，形成"狭邪"一类。袁枚有一小闲章，刻有"钱塘苏小是乡亲"，被某尚书看见，大加呵责，袁辩解道："在今日观，自然公官一品，苏小贱矣。诚恐百年以后，人但知有苏小，不复知有公也。"而苏小一生的事迹，无非是坚持了一段与书生的爱情。狭邪小说的主人公多是此类，越是妓女，越要写她的"贞"与"烈"，从而名传千古，而多少七贞九烈立过牌坊的良家妇女往往湮没无传。可见"贞"是不够的，还需"艳"。

名姬是天下男人竞相追逐的，却偏要爱穷书生，且不要钱，且可以为他去死——这是一张传了千年的"神女"脸谱，半是"女神"，文人们歌颂的永远是这一个，至于历史上实有过的数量庞大的娼妓究竟有怎样的内心，怎样过了她们的一生，没有人理会。

《虞初新志·陈小怜传》一篇，内容是妓女故事的典型套路，作者杜濬在篇末加上了"徐无山人赞曰"一段，大肆称赞陈小怜的人品。然而陈小怜并非出自文人杜撰，她实有其人，陈小怜的故事中于是有了传统娼妓故事所不能囊括的异质成分：

> 陈小怜，郯城女子也。年十四，遭兵乱，失所，落狭斜。有贵公子昵之，购以千金，贮之别室，作小妻，相好者弥年。

十四岁前，不论家境如何，她总归是正常环境下成长起来的普通少女，不是生来要做娼妓的门户出身。兵乱必伴随着家破，或许有亲人的流散和死亡，那无疑是非常痛苦的记忆。为"贵公子""贮之别室"时，这孩子顶多十五岁，还天真得很呢，所以两人名为夫妻，其实可能是怪蜀黍与萝莉的关系，有着创伤记忆的小怜心理上对这男人的依恋是无与伦比的。然而好景不长，大老婆知道这事后天天磨菜刀，"贵公子"只好卖掉她了事。

后来陈小怜在北京大大地红了，爱她的男人不计其数，跟她吃顿饭都得排上十天半个月。很多有钱的帅哥同她约会，可她一个都不爱，却爱上了一个五十多岁的穷老头子——其时陈小怜不过十七岁。第一次约会时她说："你知道我为什么爱你吗？你像极了我的故夫。"那老幕客范性华说："为什么不去找个年轻人恋爱从良呢?"小怜说:"不到三十岁的,没有人会懂我的心。"

　　这是一种极年轻的沧桑感,童稚的容颜和内心的苍茫令人想起《杀手莱昂》里那句经典的台词:"是人生这么苦,还是只有童年这么苦?"后来,在陈小怜劝说下,范性华把家乡的老妻接到北京,而老妻不久就病逝了。于是范性华很感念小怜:非她,他们俩口不得见最后一面——话说你一个五十岁的人以前干什么去了,不知体恤辛苦半生的老妻,还要一个小姑娘提醒后才知?我猜这是因为:陈小怜清新热烈的爱情洗濯了范性华,令已惫懒浑浊、不抱希望的人生忽然沐浴在爱的光辉中,他才知疼知热起来。而剖析陈小怜的心理,这无异一场"移情"作用,她把范性华当成"故夫"相待,以行动消解着当年"大妻不容"的创伤,虚幻地实现着她已然绝望的爱情。

　　"最难消受美人恩",范性华自然要百般筹措小怜的赎身之计,然而办不到。小怜被别人买走时,还留话给他:"妾终不负君也。"可见娼妓故事中自出百宝箱、令书生一钱不费抱得美人归,甚至还剩下不少钱资助书生一直考上进士的事,多半是在做梦。

有情人解相思

董其昌在《画禅室随笔》中有十则有关《兰亭集序》摹本的文字，涉及赵孟頫、柳诚、尤袤、褚遂良、章惇、米芾、范牧之临本及定武拓本。他对赵文敏的摹本颇有微词，却称赞范牧之书《兰亭序》，"笔势遒媚，以姿态胜韵自喜"。范牧之不是什么古人，是他的乡邻。

范牧之死时，董其昌还是儿童；后来，范的儿子范象先成为董其昌的朋友。这一卷禊帖，是他从范象先那里看到的。范象先亦精于书法，且有一种特别的性情；生活在士大夫普遍纵情声色的晚明，他从来不到花街柳巷去，甚至对红灯区绕路而行。他是在一段爱情故事中受伤最深的三个人之一，另外两个人都已经死了。

范牧之出身贵公子，他的父亲位至从一品大员，然而他不喜欢炫富，衣装朴素。他嗜爱读书，还考中了举人，对他的父母十分孝顺。然而在他谦抑的外表下潜藏着一种热情，或称之为忧郁，只待机会喷薄而出，然后焕发出一往无前的奇特光彩。他仍然是任性的，并且要求世界听从于他的任性。

他的机会是杜生——他遇到她了，她是苏州阊门一名卑贱的妓女。她不太适应自己的身份和性别，胸中回荡着自我高张的强烈意志。这种意志，在我们旧时的文化中称之为"侠"。"侠"是慷慨磊落的，视世俗如鸿泥。她的眼睛大概是明亮的吧，她的笑容透露出勇敢和刚毅。这是一个在痛苦中表达出异乎寻常的艳美的灵魂，令他一见立刻醒悟：这是他亟待补充的能量，是他失去的另一半，是他无限的爱的唯一去处。第一次见面他们便执手大哭，下指鸳鸯，上陈双鹄，发誓要合葬在一起。周围看见的人，都疑心他们是不是疯了。

他们果然是疯了吧。他甚至可以把她娶回家做小老婆，却不可以爱她，把她视作知己和朋友。地方父母官是他的父执辈，把她解上法庭，勒令她嫁给商人。他找人假扮商人把她买了来。他们私奔到北京。

他们离开了家乡令人窒息的空气，在北京这新鲜繁华的地方共同生活三个月后，范牧之死于肺病，这是《茶花女》还是《伤逝》？《茶花女》似乎在讲述忘情恋爱的人终究会死于肺病；《伤逝》则说私奔男女没什么好下场，最终还是死于肺病。在运范牧之的尸骨回乡的船上杜生投水，她的长发在水面上漂浮旋转，不一会儿便沉到水底去了。总之牧之是身败名裂了。他的儿子象先当时还幼小。"范牧之情死"流传在众人之口，禁止小孩打听。陈继儒、董其昌都是范象先的街邻，这件事在他们心灵上留下很深的痕迹。

他们是怀着"范牧之情结"长大的一代人。陈继儒说，若刘邦没有戚夫人，项羽没有虞姬，他们也不过是两个寻常人罢了。因为有，小足破俗。对范象先来说，他的父亲意味着羞耻，然而也意味着爱。他发现长辈宋仁卿那里藏有他父亲手书的禊帖，便要了回来，永远珍藏。在羞耻和恨意中长大，范象先懂了这一切后也就原谅了他的父亲。有道是："天下有情人，尽解相思。"

靠谱男遇见痴情三

　　张恨水小说《落霞孤鹜》中，落霞和冯玉如同是失家少女，在妇女留养院结成深厚友谊。按留养院制度，安排有意愿与院中女生结成婚姻的男子上门，相亲成功后便出院嫁娶。玉如心高，几年也找不到与之相匹的男子。院长亲自出马，托朋友介绍儒雅英俊的中学教师江秋鹜领娶她。秋鹜来后，玉如发现他正是自己不知姓名的梦中恋人，而秋鹜也惊喜地发现，她正是自己曾捡到的照片上的美丽少女。一段姻缘将成，未料平地起风云，玉如错嫁小裁缝，落霞成了江秋鹜的夫人——原来秋鹜过去帮助过落霞，落霞也正爱着他。

　　这些阴差阳错的巧合情节自然都是些鬼扯，然而情节进展到玉如和小裁缝离开父母家单过，玉如每天借教课之名去找落霞时，小说突然好看起来。为什么呢？江秋鹜与冯玉如重燃爱苗，整本书由"啼笑因缘"转到了"小三戏"。

譬如秋鹜下完课赶着回到家，张口道，"咦！今天下午她没有来吗?"落霞问是谁，他立刻"笑道"："李少庵说了今天下午来的……"又譬如当着落霞传递信札，藏在字帖里；又譬如两口子灯下闲话，"慢慢地"谈到了玉如，秋鹜一层一层地问落霞，先是说她设若离婚，又说到娥皇女英，到落霞说出"男子们都是见一个爱一个的"，便"心想"：这件事，千万不可再议论下去了。又绕了一圈，半真半假地说，"我和她是有点情根的"，落霞笑道，别提了，这话真传到人家耳朵里去了，可叫人家怪难为情的。"一个哈哈，把事揭过去了。"

有稳定职业，文化程度高，重感情，人品好，爱着自己的太太，江秋鹜可谓天字第一号靠谱男。嫁给这样的男人，幸福似乎很有保障。可当这样的男人周旋在太太和小三中间，谎言自然就冒出在舌尖，那躲闪的举止和费尽心机的措辞，跟其他一切出轨男又有什么区别呢?

玉如与秋鹜公园相会，幽林月暗情不自已，回来时三轮车到自己家门口又走过了十几家了，也还没有察觉。打着赤膊的小裁缝给她留了菜和饭，却不知她已跟西装帅哥用过了西餐。别扭闹了整整一晚上，小裁缝睡着了，她坐在方凳上，却想起落霞雇车送自己回家，小裁缝劝自己吃晚饭，于是大哭……

虽说秋鹜是她的初恋也是唯一的恋人，虽说她嫁给小裁缝完全出自黑恶势力的设计，虽说她高风亮节主动成全落霞与所爱的婚姻……但其实这么些"虽说"都是用不上的，她仍然兼备小三和出轨女的双重身份。婚外情如水果之王，有人全情投入吃榴莲，几乎忘记了身在何处，旁观者只是皱眉。

　　接下来将迎来最难堪的一幕：暗情曝光是一切婚外情的结局（即使是善于调停的宣明智，能埋个二十五六年，不也终于天下皆知了么）。何况男女主人公都很要脸，那么他们必然不能再继续。落霞发现了信晕倒在地，玉如发现了落霞从此离开，巧合是无趣的，精彩之处在于暗写两人的黯然神伤，由落霞眼中看出来。相爱而强相恋，不如相爱而不相见有意思。才减江淹情伤荀倩，要的就是这一点无法解决的痛苦。"那个虬髯公，因为知道天下是人家的了，大事已定，也不必去胡扒胡挣"，看不清形势的人，背了桃花运，成了桃花劫，倒是玉如的这句名言，送给天下欲有作为的小三做一个指南吧。

风俗通义

"苏空头"与"上海宁"

　　"咖啡大蒜门"是一轮最新的"京派与海派"之争，结局似乎是郭德纲小胜，令人想起 1933 年的那场争辩，鲁迅的总结陈词说：京派是官的帮闲，海派是商的帮闲，京派似清而海派似浊。虽然鲁迅先生本意是各打五十板，从字面看，也的确似乎是京派人士小胜了。这是意见领袖 PK 的结果，民情舆论方面，情况更不利于海派。然而追溯起来，这种全国人民对某一地区怀有偏见的情况古已有之。

　　据说上海人把除上海人外的全国人民称为"乡下人"，被人反驳道：上海算什么？两百年前不过是个小渔村，苏州、杭州才是大城市呢！殊不知，几百年前，当苏州是足以和首都并峙的大城市时，全国人民对苏州人的评价也不高。较普遍的评价，是说苏州"民风浇薄"，说话尖酸。明朝人谢肇淛在《五杂俎》中说苏州人"视四方之人，皆以为椎鲁可笑，而独擅巧胜之名"。看来当年，苏州人在中国的口碑，跟今日"上海宁"差不多。

这不能归罪于苏州富裕而且繁华，全国人民看它很不顺眼，油然而生嫉妒之情。可靠资料表明：苏州人也在说苏州人不好。《三言》的编著者、著名小说家、书商冯梦龙是苏州人，他在一篇小说中"酒肉弟兄千个有，落难之中无一人"一句边加有眉批："苏州人尤甚，可恨可笑。"小说集《豆棚闲话》中有一篇《虎丘山贾清客联盟》专门数落苏州人，而据我的老师刘勇强先生推断，作者艾纳居士很有可能也是苏州人，或苏州郊区人。《豆棚闲话》描述苏州人情物理甚详，比如，苏州人评价西施是个"老大嫁不出的滞货"，之所以能跟随范蠡去吴宫惑吴王，是因为"平日他在山里住着，原没甚么父母拘管得他，要与没识熟的男子说话．就说几句，要随没下落的男子走路，也就走了"。这翻案路数，正是今日"戏说"、"那些事儿"什么的祖宗；当时读书人看不惯，我们却很看得惯，甚至很喜欢看，这说明：尖酸和机智，其实是一件事，因此它有时是聪明人的好处，有时是聪明人的毛病。

苏州的读书人率先自责，说自己家乡不好，连苏州人绰号是"苏空头"这样丢脸的事，也是他们自己写在书里告诉后人的。这首先说明：苏州的确是大城市，大城市的特点是令生活在其中的个人产生不了归属感。这是一种相当现代主义的情绪，波德莱尔描述过这种状态，"他们都是孤零零的"；第二，因为苏州事实上太牛叉了，导致几个苏州人说说它的坏话，并不能损害它牛叉的程度，苏州文人不维护本乡的声誉，是因为无需维护；第三，苏州文人在天才的苏州人当中，自然是尖酸的翘楚、嘲讽的班头，套一句时下流行的话来说，这叫做："苏州人连西施都敢骂，这不算什么，苏州文人连苏州人都骂！"

涂鸦与加 V

"涂鸦"是舶来的名词，其实质是在公共场所的墙壁上乱写乱画，虽然不文明，却已经被称之为"艺术"了。对于这种"艺术"，我们高雅的文言文中有一个词与它对应，即"题壁"。

八达岭长城的每一块砖上都镌刻着比如"张三到此一游"、"××县××村二组李四"，便是此类。研究这些"题辞"落款的时间，发现集中于九十年代之前，其后刻字的少了，有人欣慰地认为是"禁止在古迹上乱刻乱画，违者罚款××元"的通告起了作用，而我认为有更重要的原因，是因为刻满了。把长城刻满并不难，我们人多。据我观察，苏州虎丘的竹林也已经被刻满了，每一杆竹都被刻到我跳起来也够不到的高度——不要诧异来的高个子那么多，那些字其实都是在竹子发育之前刻下的，随竹子的生长而逐渐变高。

有了"涂鸦"这个名称，"乱写乱画"似乎变得正当了起来。岂不知，"题壁"这种形式从来便是中国人最正当的发表途径。清朝人韩小窗做的京韵大鼓名段《剑阁闻铃》开头就说"题壁有诗皆抱恨"，可见早在清朝，他跑到马嵬坡参观杨贵妃上吊遗址时，就已经看到满墙文字了。

往历史上回溯：李白游览了黄鹤楼而没有写诗，据他说是因为："眼前有景道不得，崔颢题诗在上头。"可见崔颢先在黄鹤楼上涂鸦，才被后来的李白看见。陆游追忆前妻的名作《钗头凤》亦是题写在沈园墙上的，这有他自己的诗作证，"玉骨久沉泉下土，墨痕犹锁壁间尘"。又有后人的笔记为证，《耆旧续闻》不仅说词题在墙上，而且"淳熙间，其壁犹存，好事者以竹木来护之"。黄鹤楼是古迹，沈园是别人家的园林，都可以随便在墙上写字，不仅没人罚款，而且备受鼓励。

而且并不是大诗人才有此项特权。山东郓城县宋家村的农民宋江在县城里做一名"押司"——司法部门的小科员，工作无非是写写卷宗，自以为有几分文才，而且因犯下杀人案、勾结黑社会等原因被停职，还下了大牢。就这么一个人，来到江西的名胜浔阳楼，喝了点酒，一高兴，也能喊来酒保，索借笔砚，往粉壁上题一首歪诗："自幼曾攻经史，长成亦有权谋。恰如猛虎卧荒邱，潜伏爪牙忍受。不幸刺文双颊，那堪配在江州。他年若得报冤仇，血染浔阳江口。"（这首诗，从内容上看，很有二进宫的小流氓在监狱公厕墙上发狠的气势："你等着！老子总有一天杀光你全家！"）

同是往墙上乱写乱画，因人的身份不同，字迹还是受到区别对待的。在我们看来，寇准和魏野都是宋初诗人，可在当时，两人的身份悬殊，在于寇准当不小的官，魏野是白衣。他俩关系不错，一块出去玩的时候，难免在同一堵墙上乱画。等他们折回来看旧题处时，寇准的诗有人用碧纱笼罩起来，魏野的诗则任尘蒙其上。随行的官妓有一个很聪明，赶紧用袖子擦干净魏野诗上的尘土，因此魏野写诗说："世情冷暖由分别，何必区区较异同。但得常将红袖拂，也应胜似碧纱笼。"这则故事的精神，在这个不缺乏发表场所的年代，立即被我心领神会了——魏野事实上是在说：势利眼的新浪给你的微博加 V，是因为他们不识货，我有美女粉丝，你有吗？

消失的女性

　　据说中国新生婴儿男女比例是 121：100，三十年来，有四千多万本应出生的女性"消失"，而她们多半是"两非"（非医学需要的胎儿性别鉴定、非医学需要的人工终止妊娠）的结果。你们知道：早孕阶段是没有人能从那一小簇细胞中看出胎儿性别的，能通过非法小 B 超鉴定性别时，孩子已经长到至少四个月了，在此之后的流产叫做引产，其过程的残酷难以用语言表述，对于母亲亦是一种巨大的伤害。然而据说在中国的乡村这样的事多见而且平常。

　　计划生育政策给世界减少了五亿人口的压力，同时成为"两非"的最大借口，然而在并未施行计划生育的印度，这些年来也同步消失了三千多万女婴，可见限制生育并非女性"消失"的根本原因。"消失的女性"绝非新生事物，我至少知道在中国，女性"消失"是一个不间断的过程,在B超技术普及之前,事实恐怕更加残酷,它是通过残杀女婴实现的。

文人的笔记中,关于各地溺死女婴风习的记载屡见不鲜,只举几个给我印象最深的。清许奉恩《里乘》有一篇《产蛇》,讲了很多溺婴故事,如某夫妇每产女必溺,刚满三十岁,已溺杀了五六名女婴,最后生了一条蛇出来,他们自以为是溺杀女婴的报应。另一老太,年五十几,更不知道杀了多少女婴,也遇见了蛇,大惊而死。与此形成对比的是,某户人家,女人要把刚生下来的女孩溺死,丈夫悄悄抱走托人抚养;若干年后,他们的儿子都不孝顺,老两口流离失所,反而是早年送人的女儿过得不错,为他们养老送终。

志怪故事多半情节荒谬,"产蛇"这种事不太可能发生,"遇蛇"也未必是溺婴之报,然而所反映的陋习却真实不虚。令人扼腕的是:几则故事中主张溺婴的竟然都是母亲,真不知道她们的母爱何在?是母爱被愚昧遮蔽,还是身为女性更能体会女性生存下来的艰难?

俞樾《右台仙馆笔记》中一则故事令人毛发倒立:清末的宁波有一户人家,在空地上积起一堆柴火,把女婴放在上面烧,孩子大哭,随后被烧得皮肉俱焦,不成人形,围观者数百。原因是这家人已经溺死了两个女婴,这次又生了个女孩,所以用火烧死，好警告女孩们的魂魄：不要再来我们家了！

"不孝有三无后为大"这句话，"无后"说的是没有男性的后代；古代的中国人对男性后代的崇拜可以说是无可复加，自群氓至智识分子无不如是。杀婴多发生在民间，智识分子对此是极愤慨的，如俞樾就对"火烧女婴"事件发出"赤子何辜"的嗟叹，然而这不代表他没有"男丁崇拜"。在同一本书里，他记载了几则"女变男"的事迹。这种事放在今天很好理解：有的人生来具备男性的染色体，实际上是个男人，而第一性征发育异常，令人误以为他是女性，青春期之后男性特征重新发育，于是"变性"——这在医学上被称为"假两性畸形"。通过这样途径"消失"的"女性"数量极少也不值得可惜，有趣的是俞樾对他们的看法："此翁为善之报也。"——这是他爹多做好事的好报。——我看了许多书，对一切"女变男"的记载，古代的文人们得到的无一例外是这个结论。

水泡

我们能看到的古代的书基本上是男人写的，这就使得许多重大的问题很难觅得答案，如：古代的小孩是如何成长起来的？《金瓶梅》中，潘金莲这样说李瓶儿生的官哥："也不曾经过三个黄梅、四个夏至，又不曾长成十五六岁，出幼过关，上学堂读书，还是个水泡"，下句是，"与阎罗王合养在这里的"。可见在古代条件下抚育一个婴儿是何等艰难，这婴儿能够长大是何等侥幸。

譬如官哥，就是古代婴儿不幸夭折的实例之一。人们通常认为官哥是潘金莲设计死的，然而说这是一起处理不当的医疗事故亦无不妥。潘金莲蓄猫抓伤官哥，然而官哥并非死于动物携带病毒的感染，被抓伤后，他表现的症状是抽搐。——从"两只眼直往上吊，通不见黑眼睛珠儿"的病情描述来看，这是伴有意识障碍的全身强直性抽搐，原因是过度惊吓导致的脑神经功能紊乱，是常见的小儿急症。抽搐时的正确护理是减少对患儿的任何刺激，让其在光线偏暗、安静的室内休息。然而吴月娘和李瓶儿吓坏了，先给灌了灯心薄荷金银汤，又让刘婆子对他艾灸，灸得满身火艾。即使是一个健康婴儿，对火烧火燎的艾灸也很难承受；官哥经历了这一场折磨，急性发作的抽搐转为持续发作，终于死于这场惊厥。

婴儿是异常脆弱的生命，任何不当的护理都有可能令其有性命之虞，从被猫抓伤发生惊厥到死亡不过几天时间，本来健康成长的小朋友就这样意外死去。李瓶儿是普通的古代母亲的代表，爱自己的孩子却没有足够的医学和护理知识保护他，情急时想出的办法也只有问卜打卦和跳神。作为古代的女人，她所感受到的最大的痛苦，绝不是男女不平权或者婚姻不自由的痛苦，而是眼看着孩子因病死去而毫无办法。潘金莲的"水泡"比喻可谓贴切。

扬州风俗给初生婴儿吃化毒丹以涤胎毒。《右台仙馆笔记》记载一老妪去买化毒丹，她的金陵口音被药肆中人听成"活络丹"，于是买错了药回来，结果婴儿食药而死。蜡丸上原有"活络丹"三字，可是老妪不认识，由于不识字，又一个水泡破掉了。我们却由此记载知道了"化毒丹"，知道了在没有类固醇的时代，古人还是想出了办法对抗婴儿湿疹。

同样，在没有抗生素的年代，他们也要设法对抗一切感染性疾病。《林兰香》中，顺哥所患的"头疮"，即婴儿多发的化脓菌感染导致的传染性疾病，如今的治疗方案是青霉素，而小说中给出了四种偏方：杏仁烧灰用生油调好涂抹；连皮核桃烧好用生油和轻粉调好涂抹；大腹子末在鲫鱼肚内烧灰捣蒜擦上；猪骨髓和轻粉煨干涂抹。女人们把这几个方子挨个试，最终起作用的是第二种。于是你知道，为什么中国式的思维那么相信老人的经验，尤其在带孩子方面，倘若没有她们的"偏方"，年轻妈妈们的育儿之路将更为艰难。接下来，作者还给出了第三个问题的答案：在没有预防接种的年代，如何应对小儿痘疹？

　　小说家们或沉迷于才子佳人春梦，或铺衍神怪，陈述大人物的历史，他们甚至不太了解女人，更无暇关注到小孩，幸有寥寥几部小说中出现这样的情节，让我们从男性话语的覆盖与遮蔽中瞥见古代母亲艰难抚育婴儿的情形。

姓名学导论

    2010 年 10 月某日是北京大学中文系百年系庆，所有返校参加活动的系友都得到了一本特别的"书"：《百年版系友名录》。每一个在中文系读过书的人，都会在这本"书"里留下自己的姓名。

    这本全由人名和少量照片构成的读物很有看点，比如说，"萧盛嶷"、"贺祖箓"这样的名字，毫无疑问只会出现在三十年代之前的同学录里，如今我们看这样的名单需时时查字典。像"嶷"，在这个名字中应当念作"溺"，如《耳食录》里有篇《绿云》，那鹦鹉化成的老妇对公子说："向别尊府时，君犹总角，不意岐嶷若此（离开你家时，你还是个孩子，这会儿长这么出息了）！"岐嶷，是说青年人相貌非常聪俊，"萧盛嶷"这个名字出处在此。而搜狗拼音输入法不认识"嶷"，它只把它念作"疑"，即"九嶷"的"嶷"。

又如"贺祖篯"的这个"篯"字，传说是彭祖的姓，那么他的尊亲给他取这样的名字，很显然用意在孝，希望家里的老人都长寿。在文言文中，像"嶷"、"篯"这样的字，只是平常的汉字，浸泡在中国旧式文化中的知识分子都会认识，哪像现在，掌握三五千个常用汉字就能当作家，冒充"精英"、"公知"。

后来的名字虽然也都还雅驯（不得不承认，PKU中文系学生的名字总体来说体现了父母较高的文化水平），却很少见到繁难的汉字，因为我们已经身处现代汉语的语境了。九十年代以后的名字普遍较差，为我们取名字的父母多由于上山下乡耽误了学习，导致"红"、"平"、"涛"、"宁"什么的满天飞。我的学名，其出处是某革命先烈的一首诗，是红色文化的产物；为了起这个名字，我娘亲用上了知识青年仅有的一点知识。

还是《耳食录》，某篇中，有某鬼问，田国荣来了吗？读到此处，不禁骇笑。"国荣"是个家仆的名字，可见张姓哥哥的名字也实在不高级，跟"刘德华"差不多。"刘德华"、"张惠妹"这一类名字，放在乡下老爷爷老大妈身上没任何不妥，所以这几位歌星大概俱是出身草莽。

纪晓岚在他的《阅微草堂笔记》里经常提起并议论他们家的奴才，也正因为这个，让我们知道了他家奴才叫什么：刘云鹏，史锦捷，沈崇贵，赵长明，于禄，刘成功，齐来旺……父母或其他长辈为孩子起名的原则，多是把美好的愿景浓缩在一两个字中，那么这些家奴的名字无一例外表达了对飞黄腾达的强烈渴望。与此相比，佃户名叫何大金、曹自立，立志要小得多了，更没追求的甚至于叫王驴，或者干脆叫陈四、王五。老爷们的名字不这样，老爷们叫罗仰山、钟忻湖、聂松岩、林清标，个个向往泉石幽境，不食人间烟火；或者叫卢撷吉、纪虞惇，立志要做君子，谦逊敦厚。

上智下愚不移，中间的部分在蠢蠢欲动，做着发财梦，正如英国人类学家莫里斯在《裸猿》中指出的：人类向更高阶级攀爬是一种本能，跟猿没什么两样。然而，无论你最终如何地"成功"、"云鹏"、"锦捷"，发了大财，成了新贵，你的名字和志向还是暴露了阶级身份。

中国童话

最早关注儿童教育问题的周作人曾说，中国一点也没有给儿童的书，"即使儿童要读也找不到"。这是对的。然而我在读书时，常发现中国人是有童话的心境、童话的才能的，只不过他们不曾把这童心用在教育儿童上。

烟水散人的话本小说《明月台》前三回便是一篇好童话，说的是凤凰山的凤凰召集百鸟开会，唯独不见蝙蝠来，派人（或曰派鸟）前去兴师问罪，蝙蝠说他并非鸟类；不久麒麟洞的麒麟又召集百兽庆生，也不见蝙蝠，派兽去问时，蝙蝠说他亦非兽类。麒麟大怒，强行把蝙蝠划归为兽。蝙蝠很不开心，恰好这时屎壳郎在迎娶纺织娘，被他看见了，顿时想起早些年自己向纺织娘求婚而她没有答应，于是怒从心头起恶向胆边生，上演了一出"抢亲"闹剧……

结局是屎壳郎告状，麒麟老爷主持公道，把蝙蝠打得皮开肉绽。蝙蝠想不开，自尽了。这本是俗套的故事，却因主人公是各种鸟兽昆虫而变得妙趣横生。蝙蝠劝说纺织娘给他当压寨夫人时，来到洞房，深深一揖，说纺织娘是贫家女子，夏栖于草莽荒郊，冬居于山岩土窟，终日纺织，身无一缕；又说屎壳郎是黑炭头，推车汉，居则路旁土穴，食则驴屎马粪；说自己则"房廊屋舍般般有"——好有才的蝙蝠，说得真是一毫不差。纺织娘不从时，蝙蝠吩咐罗网蜘蛛把她捆起来，让蝎子把她勾吊住，叫蛐蛐用长鞭将她痛打起来。

这真是一则好玩的童话，然而中国的孩子没什么机会读到它，因为它是一篇讲因果报应的长小说前面一段引子，写给那些没事做的无聊大人看的。作者是一名村塾先生，每年收着几两银子的束脩，逼迫七长八短的几个孩子坐在条凳上念"大学之道，在明明德"，而淘气的孩子们往往把好好的课文编成"梁惠王，两只膀，荡来荡，荡到山塘上，吃了一碗绿豆汤"。他们的童心如洪水猛兽，是四书五经挡不住的。像烟水散人这样"不知翰墨滋味"的草野村夫（他自况如此），未必能教会儿童们什么，倒是被孩子教育了，多年跟孩子们在一起的经历令他葆有了难得的童心。

所以说中国是有童话的，只是写童话的人并不自知。如今倘若有人愿意扫扫历史的垃圾堆，把各种故籍中含有童话因子的故事发掘整理一番，怕也是一笔可观的财富呢！

又比如《耳食录》里的一则短故事，讲的是某老太供养了一盏佛灯，半夜看见家里的大黄狗像人一样站着，两只前爪上站着一只小白猫，正在偷喝灯里的油，喝了一口，便回头把油喂到黄狗嘴里，稍微慢了一点，黄狗就对它说："快点！快点！一会儿人就来了。"这类半夜里家里的动物或者日常用品突然说起话来，有了像人一样的喜怒哀乐的故事，不正是典型的童话吗？安徒生《小意达的花》就是如此，因此被周作人褒扬，说那有着"非教训的无意思，空灵的幻想和快活的嬉笑"，更与儿童的世界接近。

可惜啊，中国人一向提供给儿童的，是《三字经》、《千字文》那类教训的书，偶然有人写出这么好的童话，也不晓得它是童话，同时又在说："中国没有童话。"——哪里是没有呢？

考场病

李伯元《南亭笔记》载，有个士人在乡试中，誊完了卷子，突然发起了狂病，在卷末大书二十个字："一二三四五，明远楼上鼓；姐在床中眠，郎在场中苦。"

这诗起首不凡，大有不整砸锅不肯休的气势。依我们的愚情揣测，大概这人是个白卷先生，知道中举无望，胡乱写首歪诗妆点卷子的。孰料事实并不如此，而是相反。他的文章做得规矩典雅，字字珠玑，受卷官虽然被那首诗吓得不轻，却还是在惊魂落定之后，破格让他中了一名举人。

这人出场之后，精神病马上痊愈了，转念起自己在场中离奇的举动，不但悔青了肠子，而且以为中式无望因而痛不欲生。——能把文章写成那样，十年寒窗的辛苦是闹着玩的么？这不禁令我们好奇：在卷子上题歪诗的那一刻，这人他是咋想的呢？

千万别以为在科举的考场上突然发起精神病的仅此一例，研究起来，你会发现那是一种集体症候群。《兰苕馆外史》记载，道光乙未科湖南乡试，某生题了一首七律在卷上：

千里来观上国光，卷中潜被火焚伤。半生只为淫三女，七届谁怜贴五场。

始信红颜为鬼蜮，悔从黑地结鸳鸯。而今敢告青云士，休道残花艳且香。

卷子交上去，文章再漂亮，考官再怜才，也不会让他中式的了。什么"淫三女"啊，"残花香"啊，分明是在给自己不道德的风流韵事写供状，再加上签字画押。不过这考生并没有完成这次考试，他在考场上便发起疯来，回家后不久便死了。

他们患的或者是同一种精神病，只是轻重不同。这种精神病，我看可以命名为"考场题诗综合症"，跟精神病学领域内的"巴黎综合症"、"监狱精神病"什么的怪病类似，是一种指向特定人群、症状特殊且病例之间有高度相似性的精神病亚型。——貌似之前没人研究这个问题，我准备申请以我的名字冠名这病好么？——轻者只要脱离考场环境便可自动痊愈，重者会急性转入致死型紧张症的病程并最终导致猝死。

通过以上两病例，我们还发现：前者或许在病程的初期，随着中举的发生痊愈大有希望；后者病入膏肓的重要原因是他已经考了七次（活生生的范进啊!），期间各种纠结痛苦并把久不中举的原因归结为自己在私生活方面犯过错误（迷信因果的古人会对此笃信不疑），令我们想起荣格著名的判断：一切精神病的根源在于不道德。

事实上，在古代文人的记载中，大量病例印证了上述理论：在一场场重要考试中，无数士子把他们做过的各种大大小小的亏心事写在了试卷上，事后还浑不自知。如丁治棠《仕隐斋涉笔》中记载的一例，秀才王某在县、府试中均名列前茅，乡试中则满卷写的是自己鸩死家兄的详细过程。愈是成绩优秀的考生，愈容易不幸罹患"考场题诗综合症"，须知乡试三年一次，每省取六七十个人，考不上是正常，考上才叫侥幸。大才子徐渭的第九次乡试，明明已被胡宗宪打通关系，他是拿稳要中的了，孰料因卷子被涂抹得满纸云烟而榜上无名。这件事野史中记载是因得罪人而被陷害，如今我恍然大悟他或许是考场上犯病了。

——话说我突然忆起，高考过去多年，我至今心情一紧张便会梦见高考，说明我所受创伤亦复不轻，推己及人，这"考场题诗综合症"患者或者今日还有？

大团圆

诸位，你以为那种一男碰上一女、家庭反对无效、最终中状元成亲的故事叫做"大团圆"吗？跟"大团圆"相比，那只能被称为"小团圆"。

话说弘治中有一个老儒，博学善文，累举不第，穷得要命，儿子也不争气，连书都没怎么读过。后来，他死了。这是一个悲伤的故事，在批判现实主义作家看来，大概没有什么发生"团圆"的机会。然而二十一年后，他家里来了一位年轻的客人，这人是新科进士、少年翰林，舟过此地，半夜酒醒，乘兴胡乱一游的，却发现山川林壑，仿佛都在胸次中的样子。

荒僻村落中的小茅屋隐隐传出哭声，那是八旬的老妪在哭祭她的亡夫。在翰林看来，这老妪容貌憔悴，而吐词温雅，有儒家风，想必早年亦出身不俗。一番交谈后，翰林发现，他自己的诞辰正是亡殁老儒的忌辰。要来老儒遗稿一观，这正是他自己从发解首墨到决科会试的全部文字，一字不差，篇末有老儒的临终遗笔道："拙守穷庐七十春，重来不复老儒身。烦君尽展生平志，还向遗编悟夙因。"留下再来偈飘然而逝的事件，常发生在老僧身上，不知为何这个老儒竟会灵光一现，也做起出入生死的事。翰林读后，恍然大悟，点首浩叹。他看到了自己前生的床铺，和上面的烂草席；他又重新审视了自己前生的妻子，坦然承认自己是那个"再来人"，老妪大惊，要看他的表记，他脱掉官靴，露出大腿，那鲜红的齿痕宛然在目……

沙张白《再来诗谶记》记载了这个故事，说这事发生后，数日间传遍八闽，"老生宿儒闻之，有泣下者"。这是历尽悲酸的"老生宿儒"期待听到的故事，他们看到老儒的死，正如看到自己的死；看到翰林归来，仿佛看到自己归来——而归来是不可能的。

翰林在茅屋待到天亮，他前生的儿子到家了，后面跟着负米的苍头，他认出这是某人家的仆人——某人是他刚在此地拔擢的解元——让他喊自己的主人来（老儒是该解元的业师，而翰林是解元的座师，两世的人际关系竟然有交集），接着县令来，接着太守来，聆听这桩离奇的事件，听从翰林的差遣。翰林率众官祭扫老儒的墓，又给他的妻子和儿子买了田宅奴婢，后来又把自己的女儿嫁给了老儒的孙子（什么辈分？什么血型？），后来他的女儿和老儒的孙子所生的五个儿子有三个都考中了进士……

至此你知道了这个"团圆"的"圆"有多大。一个人历尽艰难之后，他应当中举；一个人历尽艰难而不能中举时，他的儿子应当中举；当他的儿子不能中举，他的孙子应当中举；如果他的儿子连书都没读，那么他就要去还魂中举，以便让他的孙子受教育中举……延伸到荒漠里去的曲线，七拐八绕最终也要想办法回来，接住这不甘心的、流着眼泪的开头。读了这样的故事，每当看见"五子登科"、"连中三元"之类的成语，就觉得晴天霹雳——这中国式大团圆，比西方的悲剧还要悲伤。

翰林与蝗虫

　　道光二年，二十三岁的仪征张集馨秋试中了举人；不料第二年及四年后的春闱不利，直到道光九年方中了第一百五十八名进士。七年间，张集馨苦学不已，甚至精心模仿前明八股文大家的选本，四壁皆殷。这使得他的文章与时人近作风格迥异，在覆试时高中一等二名（榜眼），钦点翰林院庶吉士。

　　翰林为天子近臣，清贵宠耀，既是读书人的最高梦想，又是一条入阁的捷径。道光十五年，皇帝问了张集馨几个关于他家乡水患、粮米的问题，张应对得体，显示了对地方民情物况的熟悉。第二年，他被放了山西朔平知府的外任——朔平民情凋敝，年岁荒歉，张集馨得讯惶惧失措，待面见道光帝，后者说深知他的操守学问能造福一方，才知来自皇帝的特地安排。张集馨果然堪称能吏，治蝗一事是其政绩的代表作。

朔平上年经历了蝗灾，张集馨上任伊始，便组织民力共同治蝗。以十人为一队，二人用锹挖三四尺深、丈余长的壕沟，浮土堆在对面，四人在后，二人在旁，一起用长扫帚把蝗的幼虫蝗蝻轰入壕沟，另外二人则在最后，把逃逸的蝗蝻用特制工具拍死。此外还有禾稼中除蝻法、石灰水除乱石中蝻法等。蝗虫卵及幼虫隐藏在地下，据张集馨形容，跟落花生类似，每甬百枚——足以令密集恐惧症患者心惊肉跳。用张氏布局周密的捕蝗法大规模处理后，将浮土掩埋，用石礤压平、铁耙刨烂、滚水浇透、牛羊翻踏……杀得蝗虫血流成河，糜烂如泥，不亦乐乎！

蝗灾是生态灾难，美剧中常见某种变态物种占领地球的情形无非是蝗灾的变异版。不消研制大规模生化武器，单用物理方法和人力，便可把一场大灾消灭于萌发伊始；张集馨治蝗不仅令百姓免受荒歉之苦，而且为二百年后的我们提供了一份无毒无公害化解决生态问题的样本。治蝗工作完成后，参与人员可到当地政府领取工资，则又为众多民夫创造了就业机会。

然而这场救灾工作在文采斐然、富于想象力的张翰林领导下，也蒙上了一层十九世纪的浪漫色彩。比如，张翰林严饬各路政府：同样蝗虫入境，有的田亩颗粒无收，有的却幸免于难，这是为什么呢？这是神灵主宰的，倘若这地方人民孝悌慈良，自然就会没有蝗虫了。张集馨说，我在朔平当了八个月官，处理的命案有多起，足见这地方民风浇薄，所以招致天灾。因此，在张翰林领导下的救灾工作还有一项重要内容：设立道德学校维持风化，由张翰林亲自领队到各土地庙祭祀……

救灾工作如火如荼地进行了一个多月了，究竟能不能收到预期的成效呢？出于对百姓安危的忧心如焚，张翰林夜不能寐，只好走到衙门专属的小庙里面扶乩，拜求衙神下凡。乩大书曰："社稷功勤，民生安稳。"得到了神的批示，张翰林心中窃喜，然而不能真正放下心来，直到一场大雨下透了三天三夜，雨后气候突然严冷，为数不多的漏网蝗蝻彻底被冻死，他才睡了到朔平以来的第一个好觉。

警察老爷与人质

　　清朝末年，河南某县有一种陋习：为小孩子娶大媳妇，在孩子长大之前给家里增加一个成年的劳动力。于是有一天，某家人给他们十三四的孩子娶了个二十六七的媳妇，当晚成亲圆房。——对于女青年和未成年人来说这都是一种人伦惨剧，不过这不是故事的重点——第二天早上，贺者阗门，而卧室门一直不开。到了中午，公婆等不得，便在门口喊他们儿子，听见儿子答应了，就是不见出来，捅破窗户纸一看：儿子被绑在了床腿上，向他老子娘求救道："昨夜床底下忽然爬出来个大汉，把我绑在这，抱着我媳妇睡。"话音未落，帐子掀开，大汉出来了，扬言道："我从小喜欢这个女人，这会儿既然已经做出来了，那就得让我过瘾，谁敢进来，"说着拿出一把刀，"我就把你儿子的肠子掏出来！"

很显然，这是一起绑架人质的强奸案。一连三天，这家伙都没出门，困了就搂着女人睡，饿了就喊拿酒肉汤饼来，让女人的小老公先尝，确认没下毒以后他再吃，稍有不满意就扬言杀了那孩子。门口看热闹的人越积越多，但都无计可施，怕伤到人质，于是警察老爷赶到了。

警察老爷案发三天后才到，明显司法效率低下，但鉴于这是晚清，还是不要计较了。案子迅速转入谈判环节，谈判专家出了一条奇计：把新媳妇的父母喊到现场，让他们劝说自己的女儿开门，孰料这姑娘不知是患了斯德哥尔摩综合症还是被胁迫怎么的，吭也不吭。老爷忍不了，命给她的父母上刑，脱了裤子打她爹的屁股，还抽她娘大嘴巴。她爹她娘痛得鬼哭狼嚎，屋里仍然没有动静，于是她爹屁股上挨了二百板子，她娘被扇了三百个耳光，血赤呼啦地跪在房门前，求他们的女儿开门——他们女儿仍然不吭气。

谈判陷入了僵局，武装警察上场了。冲在第一线的并非正式军，而是老爷们从监狱里临时提出来的一个小偷。他惯于飞檐走壁，鸦雀无声，趁夜深风高，那人酒足饭饱睡大觉时，悄没声儿地从窗户爬进房子，割断了人质的绳子，把人质解救出来。外面的武警这才一哄而入，把男女都抓了起来。

这事轰动一县，解送犯罪分子到县衙的路上有万人围观。大汉原来是一名屠夫，新媳妇则苗条美丽、颇有姿色。警察老爷很生气，后果很严重，头一天打了屠夫两千棍，没死；第二天继续打两千棍，没打完，死了。至于那女人，尤令警察老爷搓火，在大堂上，指着她骂道："我见的人多了，从没见过你这么不要脸、这么没人性的！猪狗不如！非人类！"骂完后，命把她的衣服脱得精光，先脸上打三百耳光，再在屁股上打二百板子，另加四十大棍……

对这事的记载见俞樾的《右台仙馆笔记》，堪称晚清司法的一个经典案例。在前不久发生的一起人质案中，在犯罪分子已有所悔悟、谈判已初见效果的瞬间，突然间有人隔着玻璃开枪，打中了——不是劫匪，而是人质。此事在全国引起一片哗然。然而对照晚清案例，我们不难得出结论：尽管警察老爷们有可能一样地愚蠢，我们毕竟还是生活在了进步的时代，因为今日的警察顶多枪法不准打死人质，不至于把本不在现场的人质的爹妈通通打死——忘了交代：此案的最终结果是新媳妇的父母羞痛交集，棒疮发作，双双身亡；新媳妇养好伤后，在酒馆从事劝酒的营生，她的保留节目是对慕名而来的观众"讲述新闻背后发生的故事"。

中国冷笑话

令人乍听时不觉得什么，想了一阵子才微微一笑的笑话，叫做冷笑话。想得时间愈久，微微一笑得愈勉强，这笑话便愈冷。而这也是中国笑话的特点。

古代的中国人笑点很低，令他们笑不可抑的那些好玩的事，今日看来几乎均可归入冷笑话之列。《红楼梦》里的笑话就没几个真正好笑的，却令从老到幼的一园子人都倍极欢乐。新版《红楼梦》的小演员们倒是把握了这点精髓，无论贾母说什么他们都乱笑一气，你若不是事先知道他们傻的话，简直要疑心这哄笑中含有讥讽之意。

《红楼梦》中最冷的一个笑话，当之无愧是王熙凤在元宵夜讲的"吃了一夜酒，就散了"，谁也没有找到笑点在哪，"只觉冰冷无味"。史湘云呆呆地看了她半天，她只好又讲了一个仅比这个温度略高一点的"聋子放炮仗"，才算令他们"一起失声都笑起来"。

现在我要讲几个古代的笑话给你们听，请你们鉴定一下冷的程度。首先讲一个我认为最好笑的（它的来源我忘了，但肯定不是一本笑话书，而是一本正经书，这也是一个正经故事，而不是一个笑话，却因我看了大笑而记住了）：

从前有一个人，算不上是孝子，他的父亲病了，医生说要吃人的心才能治好，这人便舍不得把自己的心挖出来给父亲吃。一日在大街上走，看见一位老僧，把自己的一切乃至生命都捐献出来苦修的那种，灵机一动，上前说明，要求要他的心。老僧念完一句《金刚经》，便化作猿猴去得无影无踪了。

这一句《金刚经》是：过去心不可得，现在心不可得，未来心不可得。

再讲一个把唐懿宗逗乐的。这个讲笑话的人叫李可及，因为这个笑话讲得好，还被授了一个官——

问：释伽如来是什么人？答：是妇人。因为《金刚经》云"敷座而坐"，若不是个妇人，为何让丈夫先坐，儿子再坐？

又问：太上老君是什么人？答：也是妇人。《道德经》云："吾有大患，是吾有身；及吾无身，吾复何患"。若不是个妇人，怎会患"有娠"？

又问：文宣王（孔子）是什么人？答：还是妇人。《论语》云："沽之哉，沽之哉，我待价者也。"如果不是妇人，怎会"待嫁"？

讲到这里，你若没有哈哈大笑起来，是必已被冻住了，"寒浃肌肤，两股战战"，不胜其冷。没办法，古人讲个笑话也要用典。唐代有个笑话书叫《谐谑录》，记载张九龄调侃萧炅的一件事，知道他不学习，故意送芋头过去，附信中说送的是"蹲鸱"。萧炅回信说："谢谢你好心送芋头，只是蹲鸱没有来，不过还是算了，这种恶鸟会把我家的人吓得要死。"张九龄接到信，立即给客人们看，令满座大笑。"蹲鸱"即大芋头，左思《蜀都赋》有"畇野草昧，林麓黝倏，交让所植，蹲鸱所伏"；"满座大笑"说明在当时，这种级别的典故简直就是常识。因此，不在肚子里预备两升墨水就不要翻开中国的笑话书看，很伤自尊的。

我再讲几个短笑话，你才能知道我前面讲的那两个真正是中国笑话中最好笑的了。第一则：郝隆七月七日出日中仰卧，人问其故，答曰："我晒书。"第二则：顾长康啖甘蔗食尾，人问所以，云："渐至佳境。"

这顶多算是"精致的贫嘴"，冷得就像冬天。

穿越伤不起

　　听说现在清宫穿越剧很火，火到连我这种不看电视剧的人都听说了。我虽然不晓得他们在电视上演些什么，但推测一下，大概就是穿上清朝衣服演绎现代爱情故事，实际上跟清朝毫无干涉吧（假如我推测错了，那么请指出来，我愿向剧组认错并赔款一元钱）。还好穿越这事实现的技术难度较大，否则追电视剧的小孩子们又要仿效了。——我来写此文，主要意思是要谆谆告诫诸君：不要穿越，即使回到清朝，您的两下子也挥舞不开，除非您毫无追求，打算到清朝去当个小商贩或者抬滑竿的。

　　"瞧不起我？我很有文化的，剑桥的商科博士都念完了。"

　　哎呀，我岂敢瞧不起您，但行走清朝，剑桥商科的知识没一点用的。既然穿回去了，您又是这等高才，必得让皇帝宰相什么的欣赏你，才不枉穿这一回。见皇帝的规矩大，一个不小心尊头就没处发落了，您先见个宰相试试看。门帖怎么写，托什么人求见，想必您在清朝的内线都给您处理好了。现在已来到宰相家门口，仆人引着您往里走，到了一个到处铺陈着珍珠翡翠古董玉器名贵字画的豪华房间，迎面坐着一个穿狐裘态度轩昂的大人物。二话不说，赶紧上去叩头、献履历，结果那人笑了——这里不过是门房，他，不过是宰相家里看大门的。于是有人赶紧过来，把您引到另一间屋子。一色纯白，字画陈设一概没有，铺垫都是黑色麻布的，您觉得这里是个临时等人的地方，大大咧咧地坐下了。于是进来了一个人，穿着日常的一领青衣，您客气地招呼他："足下高姓？"他说："姓和。"您激动了："你小子，看不出来，跟这家主人和珅一个姓啊。"——同学，请您看仔细了，这人头上戴的是什么？俗称珊瑚顶，他，便是和珅和大人本尊。下面的事就不用说了，把您轰出去算便宜您了。

您不甘心，多亏在清朝的内线，又给了您一个见知府的机会。那人知道你不行，特地挑了一个性格温和特别好说话的知府给您见，您也会下跪磕头那一套礼节（清宫剧中，这是重复最多的场景），知府真是个好人哪，亲自搀扶您起来。结果——您站起来的时候一个不留神儿，钻到知府脖子上挂的那一串又大、又长、又沉、绳子又不结实的朝珠里头去了。只见朝珠散了一地，知府差点被您拽到地上。这可是有说法的，朝珠散落，这在他是最不吉利的一件事，只见他气得脸色发青发白，您要是识趣，就赶紧跑吧。

两次见大人您都出乖露丑，话都没说上半句。后来您苦学了半年古典文化常识，又赶上宰相换人，这回终于坐到了新宰相客厅里。某中堂迎面走来，他很热情地说："壮年筮仕，展新猷，布雅化，老夫与有荣矣。"（他在说什么！想必你此时已经汗出如浆了。那么我悄悄通知你：他在赞美你年少有为呢。快想想对词儿吧。）您想了半天，才憋出一句："久仰大人老奸巨猾，为朝野所畏。"中堂气得拂袖而去……

小子！知道自己上不得台盘了吧？也许你一着急，拿出了自己在剑桥商科的博士文凭给他们看。唉，原来您既不是进士出身，也不是举人、孝廉，甚至连个监生都不是，"商者无失其为商，何可乱我仕版"，容我不客气地说，您在他们眼中只是个市侩。咄，回到你的朝代去！

嗜寞客

敝校 BBS 的烟版名为"嗜寞客",听起来寂寞又有内涵,其实不过是"SMOKER"的音译。SMOKE 这个行动,用两根手指夹住一截子白短软,热腾腾地吸进去,长吁短叹地吐出来,有什么意思呢?可是也很意思了一些年。

至迟在万历以后,"淡巴菰"已经传入中国。这个词是西班牙语 Tabaco 的音译,所以还转音为"淡把姑"、"丹白桂"、"淡白果"等一堆。还有人喊它"相思草",可见烟草一开始在人们眼中就是带有情绪的,因为被烟塞住了嘴巴而半晌无言显得格外寂寞一些,独自在那里叹息不已,还被一层神秘的云雾缭绕,又有些飘然的愁怨。"叶槁干时切,花红露下栽。曲生风味似,为尔减深杯。"这沉着冲淡的诗意竟然是用来咏烟草的,这是乾隆年间的音韵学家万光泰的《烟》诗。

"缕绕珠帘风引细，影分金鼎篆初圆。"能跟上面那句咏烟诗媲美的似乎还有这句，它的作者是乾隆时期的常熟女诗人归懋仪。作为巡道之女、监生之妻，名满天下的归才女竟然也是一名嗜寡客。这据说跟当时风气有关，乾嘉时期苏州缙绅大户之女深闺吸烟并不少见。而且据说，吸烟的女人大胆得很，在那个年代，抽着一袋烟看戏的豪门女眷，竟然做得出"含烟缓吐，视生旦之可意者而喷之，无所顾忌"的举止。吞吐之间萌生出恋爱的冲动，不能自已而见诸行动，是烟的魔力或是寂寞的因素？

尽管我们见到了大家闺秀抽淡巴菰的记载，抽烟却总还是与"不正经的女人"联系在一起。烟是社交媒介，封建时代有社交需求的女人自然多半是不正经的。烟又是寂寞的象征，被人看得见的寂寞自然是亟待填补的空白。"侵晨旅舍降婵娟，便脱红裙上炕眠。傍晚起身才劝酒，一回小曲一筒烟。"顺治年间的《都下竹枝词》中的这首写住在旅舍中压酒劝客的女人，其身份可想而知。在她看不见阳光的颓废生活中间，淡巴菰和小曲一起，安慰着疲惫的旅人和她自己。她的客人们中间大概不会有几个诗人吧！这首朴素的《竹枝词》写出她的日常生活，她的寂寞，却没有用笔墨刻画出她的美。她同无数个旅舍中吃烟唱曲的女人被描绘成同一个女人，一起进入没有声音也没有色彩的历史记忆中去。

康熙年间山西人梁楚白另有一首《偶咏美人吃烟》的诗："前身合是步非烟，弄玉吹箫亦上天。红绽樱桃娇不语，玉钩帘外晚风前。"其实呢，他所咏的美人也没有留下姓氏，"樱桃"、"玉钩"之类千人一面的辞藻亦没有丝毫关涉她独有的个性，然而透过这首算不上真诚的诗，我们至少知道在某一个瞬间他曾经爱过一个抽烟的女人，这女人在他眼中曾经是美的。

还有那位唐代的舞姬步非烟，她从未抽烟，更不知淡巴菰为何物，但因为她出众的美丽和为之付出生命的寂寞，千载而下，所有的女嗜寞客都被叫成她的名字。在每一个抽烟的女人面前，每当这个名字被轻轻说出，都意味着：有人正短暂地爱着她。

附注：本文的写作参考了刘耘华先生的文章《烟草与文学：清人笔下的"淡巴菰"》，在此致谢。

一块砖的魔幻现实主义

这不是一块普通的砖。这是一块墓砖。上面有字。字是朱砂书丹的红字。上个世纪五十年代，江苏省大丰县白驹镇的村民识字的不多，他们不知道上面写的是什么，却很想知道，就把这块砖放在一个尼姑的门口，连同别的有字的砖。

那尼姑法号宗禅，出家之前，她的名字叫杨恺德。斯名斯号，透露着背后或者有一个颇为跌宕的小姐投庵故事，她想必出身于有教养的家庭。她是一个叫施德祥的尼姑的师姐。1982 年，施德祥六十多岁，宗禅已殁。那么在五十年代，宗禅至少有四十几岁。人们喊她"杨和尚"，从不同她说话，原因有两个：她成分高；她是尼姑，同尼姑说话意味着晦气（鲁迅写过此事，尽管又过了半个世纪，中国已经历了一场思想文化方面的大改造，这偏见似乎仍在）。

宗禅果然看见了那些砖，做出了解释。她说，这些砖上写的是一个人的一生。这个人是白驹镇上另一个大文人的朋友。那个大文人是施家三桥那边的。他跟张士诚有关系。这些东西别弄掉，你们要好好收起来。

宗禅说完，那些人就拿走了那些砖。几年之后，教过蒙馆的葛世如在生产队仓库里看到了那块砖。他认得上面的字。那死的人叫杨俊科。他是施耐庵的朋友。这块砖被住在仓库里的杨锦元用来盖咸菜坛子（古人谦虚时说，我写的作品不好，将来会被人"覆酱瓿"。这个词来源于《汉书》，那时的文章写在竹子上，才会有足够"覆酱瓿"的重量吧）。葛世如同杨锦元要那块砖。杨锦元说，没这块砖，让我拿什么盖咸菜坛子？

在之前那个兵荒马乱的年代，杨锦元上过战场，他一无所有地归来，不仅没有"一刀一枪搏个封妻荫子"，还被锯掉了一条腿。仓库的环境潮湿阴冷，某一天，他的腿突然剧烈疼痛起来。他到县城去治疗他的腿。

此后再也没有专人看管仓库。在人们的历史记忆中，这块砖永久地消失了。1982年，白驹镇来了几个人：杨锦元、施德祥和其他村民们认识的陈远松，他是镇上的扫盲辅导员；董兆彭，他是纸箱厂厂长；有人还认识陈汉文，他是附近一所最好的中学的校长。还有一个人他们不认识，他叫王同书，当我阅读跟《水浒传》有关的研究资料时，经常看到他的名字。他们敲开每户人家的门，问人们许多年前，他们在那个掘开的坟墓里看到了什么。一个叫宗俊红的村民说，他听到过杨和尚说那块砖的事，但他后来没见到那块砖，他家只有一口花龙坛，是从那墓里挖出来的（2005 年佳士得元青花大罐拍出 2.3 亿，倘若那龙坛现在还在……）。跟杨锦元同为杨俊科后人的杨相魁说，那块砖大概是修仓库的时候被砌到墙上了。

仓库几经翻修，旧仓库墙砖多被拆下来垒做猪圈。除新、旧仓库墙外，王同书还仔细查看了村子里的所有猪圈中的每一块砖。学者，猪圈，咸菜，退役的独腿军人，一个被称为"和尚"的尼姑，元末明初一个名叫张士诚的人组织的一场农民起义，一个跟刘伯温同榜的名叫施彦端的元朝进士，发愿写一本名叫《江湖豪客传》的书……这些现实具有魔幻一般的构成。这便是斑驳、错乱、丰富、悲怆、充满细节的历史。

没有羽绒服的冬天

今年的轻薄款羽绒服大概是为不爱羽绒服的人设计的，往年那种笨大的羽绒服只有温度，没有风度。厌恶羽绒服的大有人在，尤其是男人，然而在北方的冬天里，不穿羽绒服无以御寒。——棉衣、毛呢大衣，在御寒方面的表现差得多；皮草呢，又为我等屌丝买不起。话说有次我去燕莎买保暖秋裤，排在一个用现金买皮草的贵妇后面，三个收银员一起数她的钱，数了半小时还没有数完。

用鸟羽做衣，这在古代有鹤氅。鹤氅自然是用白鹤的毛羽做成的了，这听着有很"高端的奢华"的感觉。白鹤是一种"非梧桐不栖，非练实不食，非醴泉不饮"的动物，对生态环境要求很高，所以在今天这世界上剩不下几只了。其实过去这衣服也不一定非要用白鹤毛来做，据说鹭毛也一样，不晓得鹅毛或者鸭毛做不做得。另外,是毛而不是绒,可见是织物而不是填充物,洁白飘逸或者是有的吧,保暖性不能保证。鹤氅后来成为一种冬衣样式的名称,与材料无关,《红楼梦》第四十九回写黛玉罩了一件大红羽绉面白狐狸皮的鹤氅,薛宝钗是一件莲青斗纹锦上添花洋线番羓丝的鹤氅——黛玉穿的是皮草,但草藏在里面,古人对于皮草的见解是"皮之不存毛将焉附",所以草要在里面。

《金瓶梅》中最冷的一回,是第二十三回,天气本来严冷,两个人又要到山洞里面卧冰求鲤,所以冷上加冷。西门庆脱去衣裳,白绫道袍是里衣,貂鼠禅衣是罩在这层外面的,被当一层被子盖着,可见很大。这么穿是很暖和的,而且不重。过去的女人"三绺梳头,两截穿衣",冬天只能上面穿着袄,下面穿着裤子,裤子外面罩着裙子,再冷,袄外面罩个"比甲",再冷,像宋惠莲,裤子外面套护膝。全身暖和不可得,先暖和紧要的部分。如今男人们把穿连衣裙的福利让给女人了,冬天的厚连衣裙真是取暖佳物,不足为"外人"道也。

有身份的女人,如吴月娘,也是能穿上貂鼠皮袄的,在没有羽绒服的时代,唯有皮袄才是真的暖和。皮袄自然是昂贵的,所以徐渭写信感谢赠他皮袄的张元忭,"羔羊半臂,非褐夫所常服,寒退拟晒以归"。其实,羔羊半臂这东西,到底不是狐狸半臂,说贵便贵,若不讲究做工和款式却也是轻松易得的,虽非江南地区"常服"，西北牧民却常穿着。张恨水的《西游小记》，看到放羊的孩子穿着羊毛背心，除这件外，穷得连裤子都没有穿上。他自己则在冬天来临之前，心心念念要购置一件皮袄，同行的工程师们没有这般奢华的念头，所以他也就忍着没有买，不得不多加一层羊毛衫裤御寒。——时光已经走到了近代，依然没有羽绒服。这个故事告诉我们：在买不起皮草，又没有羽绒服的情况下，千万要准备条厚秋裤。

二手经济

现代文明的莫大弊端在于源源不绝地出产垃圾，对这些成分复杂的垃圾山，全人类都毫无办法，除了把它们烧掉或埋起来，任它们污染空气、水和土壤。全世界的环保组织都在提倡二手经济、废品回收，以达到垃圾减量、能源节约的效果。然而无论如何倡议，垃圾仍是愈产愈多，究其根源，这是当代商品经济的形态决定的：商品的主流流向是工厂到市场再到消费者，至于消费者之间物物交换的"跳蚤市场"是末流中的支流，既乏场所，又耗精力，大多数人能偶一为之就算不错。

显然，我们生活在一个"一手时代"，这个时代的精神是"用过就扔"。中国的古代是"二手经济"的全盛时期，那才是"节约型社会"的完美典范呢。

先从吃说起吧。吃别人碗里剩的饭这种事，我们隐约记得童年时看见老奶奶做过。然而《儒林外史》中一干老爷们聚谈，嘲笑有钱的盐务到面店里，"八分一碗的面，只呷一口汤，就拿下去赏与轿夫吃"。可见轿夫吃了主人呷过一口汤的面，就算是沾了大便宜；正常情况下，他们的主人已把面吃完了，他们才接过残碗去，得一口面汤喝。仍是《儒林外史》，第二十二回牛玉圃的几个长随收拾了几样肴馔捧到舱中给他吃早饭，"吃过剩下的，四个长随拿到船后板上，齐坐着吃了一会"。这几个长随不过是牛玉圃临时雇的，然而自觉地吃着他的剩饭，一点也没有顾虑到卫生。轿夫、长随是社会底层，贫苦不过的，他们吃人剩饭或是阶级压迫的产物，不得不吃，还不能说明问题。《红楼梦》第七十五回，贾母把贾政送来的鸡髓笋略尝了两点，便让把这笋给颦儿宝玉送去，可知宝哥哥林妹妹都是负责吃老太太剩饭的；贾母又把一碗红稻米粥吃了半碗，便吩咐将这粥给凤哥儿送去——王熙凤何等的人，也要捧着喝老太太剩的烂糟糟的半碗粥。

如今我们到味千吃拉面，自然不会随身带着管喝面汤的仆人，实在吃不下，也不能央邻座说："我只呷了口汤，麻烦你吃了它。"那剩下的半碗，它唯一的出路是被倒掉，随垃圾车来到郊区，掺上些油料，塞到焚化炉里烧——难怪存在主义大师们说现代文明的关键词是"荒诞"。

我们花着成千的钱从商场买来的名牌衣服，过几天不喜欢了，它就一钱不值地压着橱底，等着有一天捐给灾区。然而在古代，旧衣服可值钱得很呢。《儒林外史》中的穷酸权勿用，穿一身大粗白布衣服，天热了，便脱下来送到当铺，得了五百文，足够他买些蓝布缝一件单直裰。旧衣服之所以值钱，是因为穿别人的旧衣服是社会的普遍风气。《卖油郎独占花魁》中，秦重为了跟心上人约会，先到典铺买了一件现成半新不旧的绸衣。《红楼梦》中，王夫人找年轻时候的衣服给袭人，也给了秋纹两件，把她喜得什么似的。虽过了一二十年，时尚的风气并没有转移，只要不破不旧，一件衣服放许多年也跟新衣一样有价值。人们买旧衣服穿，把不当季或不想要的送到当铺，互相之间馈赠衣服鞋袜，都是古代社会最常见的经济现象。今天就没这个道理了——"老公啊，这个月我们还不出月供了，快把你那件一裹圆的Dior道袍拿到当铺去，换几百美元使使！"

剧谈晚清

光绪丁酉年的选秀

"选秀"这事古已有之，只是当时的名目叫做"花榜"，分两种类型。一种植根娱乐界，往往召开盛大的堂会，参与者每人做一出戏，《儒林外史》中的莫愁湖大会便是。由于当时唱旦角的基本是清一色的男子，所以虽云选美（花），其实是选帅哥，后演变成影响巨大的"京师梨园榜"。另一种又称花案、花选、花谱……，参选者为青楼妓女，比拼的是才色和交际能力。空有倾国倾城的貌，无人赏识，得票必然不多——《花月痕》中，同一城中有两拨人，各有各的相好，因此选出截然不同的两部花榜，相争不下。在现代媒体参与进来之前，这种事顶多在小圈子里轰动一番，社会影响有限，而晚清沪上的公众传媒则第一次把这桩文人韵事变成一项全民娱乐。

1897年，李伯元创办《游戏报》，创刊号便以将开花榜为号召，呼吁读者写信推荐——是即所谓"海选"。不久，又制定出所要遵循的选秀标准，即所谓"花榜格"，第一，尚品：不随俗，不傲物；第二，征色：修短得中，秾纤合度；第三，角艺：通翰墨，善酬应，妙诙谐，晓音律，解词曲，能饮酒。这三条标准，"尚品"纯属摆设（当时对于妓女之"品"，公众的鉴别标准只有一条：不姘马夫戏子的是好人，即不能与自己的司机或演艺圈人士谈恋爱），"征色"无非就是要求候选人不高不矮、不胖不瘦，看来重头戏在第三条。"角艺"列出的这几种才艺每种都很了不起，要知道在整部娱乐史上留下令名的千古名妓，未必个个都那么漂亮，她们凭恃的是出色的交际才能，令公众、尤其是握有话语权的知名文人（有些类似于超女评委）赏识她们。薛涛红笺写诗、马湘兰画兰、郑妥娘的诙谐、李香君的气节，皆是此类。

第一次"花榜"收到荐书二百来封，《游戏报》每期选登一部分，并把被提名的妓女名单列于后，说明这些人已经通过海选，成为候选人。"荐书"内容大同小异，先向"游戏主人"致敬，再称赞一番"征歌选色"的德举，三表白一番自己的身世和出入花场的资历，四即提出一到数人的名单并简略说明推荐理由。这些"荐书"多是极好的骈文，"并籍维扬，十里春风之路，同游沪北，二分秋月之姿。以美人趋名士之风，本巾帼而具须眉之气。红尘误谪，偏教沉沦于欢场，白璧无瑕，未屑沉迷于欲海……"唯一的例外来自一美国小伙儿，名叫雅脱，也来了一封信，直冲冲地说：嗨，听说你们选美，怎么净把丑的放前面，美的搁后头？我实在看不下去了也。

花榜终于公布的那天早上，万人空巷，无数人挤在报馆门口等候新印出的报纸。之前有消息透出，"状元"叫四宝，于是普庆里王四宝、尚仁里金四宝、百花里洪四宝、清河里左四宝都激动万分，坐等喜讯。花榜揭幕，却是西荟芳张四宝，其余四个宝贝未免大失所望，连狎客也垂头丧气。类似的花絮还有很多，称赞的、鸣不平的、自称不愿上榜的……街头巷尾，群议鼎沸，其热闹毫不输给今天的"超女"。

细看"花榜"体例，可以看出科举制度对其影响巨大，榜分三甲，一甲三人，二甲三十人，其余几十人俱登三甲，前四名称为状头、榜眼、探花、传胪。不久，又仿照此次花榜体例更开"武榜"，这次评选标准首重歌喉，而才色为辅。不久又开"叶榜"，参选者为各个书寓的"大姐"，即檀奴小红之类，状元叫"阿三"，榜眼叫"妹妹"，探花叫"阿毛"，光看名字，就可以知道她们的身份了！传胪是例外，竟然名叫"薛宝钗"，该"宝钗"原本也是一名有身份的妓女，由于嫁人不遇，以及其他种种原因，再次沦落青楼时降了一格，跟着兆贵里的胡玉卿（花榜未见其人，可见"小姐"不如"大姐"红）做了一名"大姐"。由

"花榜"而"武榜"而"叶榜",正如由"超女"而"快男"而"快女",接着各小报"花榜"满天飞,又如"好男儿"、"花儿朵朵"等衍生品牌,社会效应既起,跟风而上者自然不少。

将青楼艳女与超女类比似乎有些不伦,待我解释:第一,一百多年前,能在公众面前抛头露面、为自己拉选票的女子,只有这种身份可以,在当时的上海滩,她们是时尚的风向标、小报的聚焦点,完全是娱乐明星的范儿;第二,选秀主角是"长三书寓",即最头等的妓女,"书寓"主人称"先生",每日登场唱弹词、梆子、二簧,在通俗音乐节独标一帜,"小如意"、"水香菱"等上榜人士基本代表了当时流行音乐的最高水平;第三,即使是那些以色事人的"长三",也尽是一些很不简单的交际花,赛金花、四大金刚尽属此类,她们每人身边都有一个由经纪人、司机、保姆、发型师、化妆师……构成的数十人团队,在上海滩呼风唤雨,在全国亦广有知名度,近则拉动一方经济,远或影响历史进程,洵不可等闲视之。

附一：荐书一斑

海昌太憨生书

游戏主人史席：前上芜词，仰承藻鉴，所荐谢家姊妹与夫薛氏校书，蒙刊录于报中，洵遭逢于意外。寸衷衔感，尺幅抒忱，敬代青楼瓣香顶祝。恭惟主人抡花手妙，选艳才高，写来北里胭脂，搜遍南朝金粉。雕红刻翠，表燕许之宏文；评白论黄，集龟蒙之小录。娟娟好好，尽属品题；袅袅婷婷，都承抬举。记淞滨之新柳，笔底春风；汇海上之名花，榜开夏日。然章台十里，几同沙数恒河；而楚馆万家，难免珠遗沧海。憨浪游沪滨，物色风尘，或碧玉年华，乍张艳帜；或绿珠风韵，未著芳名；或孤芳以自赏，或蕴藉以堪夸。续荐数人，注姓氏里居于下，各标一格，在清、奇、浓、淡之间。应知选政谨严，不敢虚誉冒滥，详加考语，附短牍以陈辞，敬候主裁，为群芳而请命。海昌太憨生顿首。

清品：林月英，玉镜无尘，冰壶自朗，如莲花出水，不染淤泥。年十四，苏州人，居兆贵里。

奇品：潘素珍，雏凤新声，乳莺弱态，而痴憨娇小，谱入无双。年十二，金阊人，居小桃源。

丽品：凌银花，轻盈月貌，旖旎风情，置诸周昉画图中，不让朝云独步。年十八，吴门人，住宝树胡同。

淡品：陆小梅，春山眉浅，秋水神清，年二十一岁，江西人，住清和坊。

浙东铜琶铁板汉书

游戏主人钧鉴：顷阅日报，欣审蕊榜将开，芳名罗列，以燕许之手笔，为花月之主裁。慧眼双清，选色岂同皮相，婆心一片，求疵不忍毛吹。一经品题，十倍声价。是以谈瀛阁畔，争递莺笺，伫看咏柳楼头，广修鸳谱。顾念环肥燕瘦，赏识原有定评，而万紫千红，搜罗必期富有。仆不敏，三生薄幸，物色几易春秋，十载浪游，心赏只此一二。间有色升爱选，而名实未副者，不敢滥予褒扬。若其亭亭物表，皎皎霞外，风韵独艳，格调双清，或聪明绝世，而具倾国之姿，或色艺冠时，而有出尘之想。如近日同安里之蔡菱芬，西合兴之水香菱，新清和里之花琴芳，美仁里之胡宝珍，公阳里之陈瑞香，同庆里之文秀卿，此六人者，又奚忍听其埋没耶。兹将六校书年岁里居另单开呈青电，学波斯之献宝，免沧海之遗珠，敢希一字之褒，得列群芳之谱。妍媸凭藻鉴，原难许夫夺标，桃李在公门，或不至于下第。从此众香国里，仕女班头，当准备一瓣心香，顶礼万家生佛也。专上敬请著安。铜琶铁板汉顿首。

附二：美国人雅脱致游戏主人书

游戏主人鉴：阅贵报后幅所载各校书芳名，丑者多列前茅，美者反置后列，甚不公允，何以颠倒如此？故致书阁下，祈秉公更改重刊为盼。仆美国人，寄迹申江，并无行业，如蒙赐覆，祈交工部书信局转交可也。雅脱书。

芥川的林黛玉

　　偶然读到吴沃尧《上海三十年艳迹·四大金刚小传》，勾起了一段阅读记忆：五年前读过芥川龙之介的《中国游记》，他在上海曾召一名老年名妓"林黛玉"侑酒，不知可是"四大金刚"中这位？急索书观，遍寻不得，只好又买了一本——恰好 2011年 4 月某社出了一种新版，然而文字与 2006 年读到的那本颇有出入。这本中有"听别人讲，除了大总统徐世昌外，当属她最了解近二十年来中国政局之秘密了"，那本中是"除慈禧太后外"，当时给我留下的印象极深。

　　吴沃尧书中叙述得简略，又无时间可考，此外看到王书奴《中国娼妓史》中有一句将"上海长三堂子四大金刚林黛玉"与"北京八大胡同花榜状元花元春"并称，作为妓女红透了天的典型。

张春帆《九尾龟》小说又名《四大金刚外传》，林黛玉是其中较重要的人物之一，第三十三回作者自云"记四大金刚和大金月兰、陆畹香的事迹"，"大半都是实情"，只是出现的时代和来去的行踪有些舛错，当年，这些位沪上名人的行踪人所共知，正如今日的当红歌星一样。这部小说中出现的林黛玉属文人铺衍，不足为凭，直至寻到民初的一种笔记，一种小说，才算拨云见日，1921年春芥川先生在一家叫做"小有天"的酒楼见到的穿绘兰花、镶银边的黑缎衣服，戒指镶麻雀蛋钻石、仿佛从谷崎润一郎《天鹅绒之梦》走下来的幽幻颓废、才华横溢的林黛玉终于朗朗生动起来。

　　《四大金刚》小说之一，有名《潇湘馆主真正老林黛玉》的，我听说作者亦为吴沃尧，等拿到书才知道一定不是的，因吴氏殁于1910年，而此书写成于1919，况书中所述各项情节与吴氏小说大有出入。

　　吴沃尧是深受新学影响的开明人士，骨子里有道学的气质，虽也一般地召妓评花，但他对长三的看法以社会批判为主，有一副冷眼光，他笔下的林黛玉被剥去种种绮丽靡幻的外衣，呈现出令人齿冷的人生本相：早岁居沪籍籍无名，学苏州派不得体为客所窘；远赴津门染一身广疮，狼狈归沪。至于施浓脂，是为了遮掩脸上的疮痕；柳炭画眉亦是为梅毒眉毛落尽泯迹。而这些，在那本小说《林黛玉》中全未提到，作者名为"雾里看花客"，是个酸朽不堪的醋墨文人，在他笔下，林黛玉自幼光彩焕发天生丽质，十三岁被丝厂做工的寡母鬻入勾栏，从此艳帜高张四十余年无一日消歇也。考郑逸梅《人物品藻录》，"雾里看花客"原来是钱忻伯，天南遁叟王韬的女婿，曾任《申报》馆总编辑，因为近视得厉害，终日架着副眼镜，才取了这么一个尊号。

据陈无我《老上海卅年见闻录》，光绪末年上海长三有一千二百余人，1897年《游戏报》开科选花榜，每期收到荐信也有二百余封，而四金刚之一的金小宝，便是丁酉花榜的榜眼。这是花榜第一期，游戏主人在花榜凡例中特地声明，如陆兰芬等久饮香名身价自高者不必再与群芳争胜，故不列入，然而不曾提到林黛玉。有两种可能，第一种，林黛玉声名又在陆兰芬之上，故不用提；第二种，林黛玉此时不在北里，她嫁人去了。《林黛玉》小说里说她一生九嫁，以南汇县宰陈某为初嫁，《上海三十年艳迹》却说她初嫁纱业巨子黄某，二嫁南江令汪某（汇与江形近，必有一讹，或陈或汪，均为化名）。那么她究竟几嫁，谁也说不清。五十六岁那年她在《游戏报》登了一则声明，说有谣言说自己嫁人去了，其实没有，现在嫁人还不是时候云云，使当时的中国人叹为奇文：五十六岁不嫁，还待何时？这年也的确有一富极了的"老蔬菜"要娶她，她没动心。

芥川的游记中，余洵先生在局票上写下的名字叫"梅逢春"，倒是可以补野乘之阙，此外不见有人提她晚年这个名字。余洵说她这年五十八岁，跟《林黛玉》小说中所叙她的年龄一致（她生于同治三年甲子），可见这小说流传颇广。"童生的名字婊子的年纪"，都是没人说得清的事情。这年她自然不再美丽，可是在芥川看来，她看上去顶多四十岁，丹凤眼中不时漂荡出来的目光依旧动人；此外，"她在胡琴和横笛的伴奏下唱起了秦腔，那技压群芳的高亢美妙之声令人感到泉喷一般的力量"。芥川的目光在她身上停留的短短二十分钟有我们穿越时空的凝视，因为除此之外，我们很难在充满偏见或诡谲的时代文人笔下发现她真实的风采。不错，她是秦腔的高手，在胡家宅群仙班唱压轴，有一双在她盛时不合时宜、晚年却时髦至极的天足。

她在绝不年轻的年纪逃离了南浔巨绅以金子和爱眷做成的牢笼，却在报纸一角登小广告："真正潇湘馆旧主老林黛玉三马路应征侍酒"，人多不信。有一阮翁，少年时有一段潇湘馆未了情愫，见报以为绝无此事，待亲临潇湘妆阁，凝妆含笑掩袖而出迎者果三十年前意中人，不禁旧感纷呈。

她未赶上 1897 年那场花榜，待到民国风气一变，花榜榜魁不称状元而称正总统，林黛玉却成了这场选美的评委，登台做了一场题为"做妓如做官，做官如做妓"的演讲，妙舌灵心，滑稽动听。而芥川于1921年见到她似乎正是这出海上繁华梦的尾声，浪子和荡妇往往不会有好结果，林黛玉这样铁了心的烟花班首也正配得上这一枚晚景穷愁的徽章，她一一实现了袁中郎的"五快活"，包括最后的"一身狼狈，朝不谋夕，恬不为耻"。在芥川见到她的几年之后，海上风闻她已瘫痪，不久去世，身后萧条，由手帕姐妹集资埋骨于她早岁倡议修建、专门营葬飘零烟花的花冢中。

大毒枭的末日

　　晚清小说描写鸦片之祸最沉痛的，莫过于彭养鸥的《黑籍冤魂》（创作时间不早于光绪二十三年）。其时，鸦片已在中国土地上流传了百余年，人们对这种硬毒品危害性的认识已跟今天差不多：消磨意志，摧残身体，一旦沾染很难戒除。然而看同治年间的小说，尚可发现不少人若无其事地提到"阿芙蓉膏"，或说某人有"烟霞癖"，语气随便得如同说他爱吃辣白菜。《夜雨秋灯录》里的《假五通神》就是一例。

　　小说主角叫万佳，是个由"贩卖阿芙蓉"而发迹的商人，有了钱，便"纳粟为五品官"，官商勾结，俨然是个上流毒贩，成天穿着"煌煌章服"，"腰佩玉，腕跳脱，襟洋表，面架黑晶镜"（原来那时候的黑社会老大就戴上了墨镜）。有个漂亮老婆，因老大业务繁忙，不仅要贩毒，还经常出没花街柳巷夜不归宿，未免深闺寂寞，一日忽然发现房内多了一个小白脸，风度翩翩软语温存潘驴小闲，自称"五通四郎"（五通者，一种修炼成人形并喜迷惑人的不存在的动物，南方人相信它跟北方人相信狐仙一样）。万大嫂大喜，意乱情迷与之缱绻。后万佳归家，遍搜不获，而万大嫂已病入膏肓，不久收拾收拾一命归西，临死说自己要嫁四郎去了。

毒老大从此懒得娶大太太，从不同途径讨了五个姨太太放在家里。有他本来要送礼给高官结果高官贪赃落马没送出去的；有朋友的女儿他用计骗了来的；还有妓女带着多年积蓄主动跑来嫁他的（妓女的爱情多半给了"大哥"：黑社会老大，或大毒枭，或挖地洞的，这其中的规律古今一辙）。某一天，毒贩到家，发现五个姨太太屋里分别有一个跟他长得一模一样的人，正搂着他的姨太太取乐，大怒，上前格斗。在第一个姨太太房间里，他让他的姨太太辨认清楚："他穿得是狐裘，我穿的是羊裘，穿羊裘的是我！"话音未落，自己身上已变成狐裘，他被打了一顿。在第二个姨太太屋里他喊："貂裘是他，狐裘是我！"结果自己身上又变成了貂裘……就这样羊裘而狐裘而貂裘而狼裘而猞猁裘，搞裘不清，他始终无法证明自己才是真的自己，最后筋疲力尽满身伤痕，孤独地躺在床上，听着五个房间传来的"断云零雨之声"。忽一美貌萝莉出现，他知道这是另一只五通，愤怒地拿烟筒将其打了出去……

这故事初看还有点秩序，看到后来只觉得乱七八糟，于是顿悟：所描写的全是吸毒人士的幻觉！这世上只有两种人会产生栩栩如生的幻觉，一种是精神分裂症患者，另一种是吸毒者，而吸毒极易引发精神分裂症，这两种人常常坚信自己所见是真的。万大嫂死于吸毒过量不必说了，后来万佳得到死万大嫂的帮助、告诉他那些是假五通，从而在真五通神的帮助下挥刀杀死了四只恶狗，也都不过是毒品作用下的群魔乱舞罢了。《黑籍冤魂》所描写的人物中颇有几个是由吸毒而贩毒而成为大毒枭最后死于毒品的，财尽人死、五美星散的万某不过是他们早几十年的先例。

令我感到悲伤的是《夜雨秋灯录》的作者对此一无所觉，把万某的悲剧归因为得罪了人，那人祈祷来五通神对付他。行文之中，作者甚至谈到了毒品造假的工序（"后遇道士，授以金针槐角猪皮做假之法"），仍然没把主人公的命运和"阿芙蓉膏"扯上一星半点的联系。《夜雨秋灯录》是一部在文学上相当成功的短篇小说集，叙事缠绵跌宕人物神情毕肖，在晚清文学史上自有一席之地，然而作者津津乐道的仍然是道士、仙术、狐鬼和报应这些传统话题，对新事物新科学毫无理解。另一篇《麻风女邱丽玉》中，他甚至认为麻风病一旦传染给别人，患者就自动痊愈永不发作了。他不知道，正是由于这"阿芙蓉膏"和这民智的普遍愚昧，有一个国破家亡的未来正在不远处等着他。

救亡梦

　　吴趼人的小说《痛史》，写宋末元初的民族危亡往事，一个痛哭流涕的书名，仿佛铁肩担道义，置身宏大叙事意欲铺衍一篇极大的文章。以写《二十年目睹之怪现状》的手笔，这不会是一门无法完成的作业？

　　刘秉忠，贾似道，度宗，巫忠，婉妃，谢太后……好吧，既然作者发愿向《三国演义》学习，以演义体写历史，不妨将就看下去。益王福州即皇帝位，文天祥封右丞相，领兵前去克复江西，突然间笔锋一转：紫面虬须的赵龙，唇红齿白的李虎，器宇轩昂的白璧，身材瘦小的胡仇纷纷亮相，更有岳飞之后岳忠，狄青之后狄琪——光看名字，便猜知这些人于史无征。果不其然。

　　胡仇到了敌占区，看到一切居民改换了蒙古服式，心中不平，便去刺杀安抚使。在官署内杀了几个汉奸，绑了几个帮凶，救了一群妇女，正梁上留了刀，押了字条说明日来取。第二日又杀回来，取了刀顺带杀了镇压的中军，换了字条曰："原物取还，我去也！"

历史演义一变而成《三侠五义》。

再后面众志士仙霞岭结盟，组成了一支队伍对抗元兵，领头的是岳忠，帐下除上述侠客，还有被从正史中生生拖出来的、于木绵庵结果了贾似道性命的郑虎臣，四处征战，最后退守仙霞岭，杀伤无数鞑子……

则《三侠五义》之外又有一部《说岳全传》。

梁启超在《论小说与群治之关系》中有一个著名的观点，"吾中国群治腐败之总根原"在于小说。中国小说在侠义、公案、狭邪等几个有限模型中自体繁殖不已，"今我国民绿林豪杰，遍地皆是，日日有桃园之拜，处处为梁山之盟"，惟小说之故。那么《痛史》这样一部原本意图救亡的小说亦在此列？于民族危亡之季，小说家塑造的作为国民代表的人物，不是《冷山》中饱受战争创伤灵魂燃烧殆尽却依然固执地返回家园、重建家园的老兵和妇女，也不是在《第二十二条军规》中陷入人类永恒命运的"反英雄"，而是像胡仇那样脸谱化的"简单英雄"：到已经失去的领土上胡乱杀几个人（杀掉蒙古人自然是他的目的，但蒙古人任用的汉人他也要杀，甚至被迫为蒙古人服役的普通汉族百姓也是他憎恨的对象。这一切屠杀都不是在战场上，而是发生在战争硝烟已经散尽的日常生活中）。

小说家并不关心生民之真痛楚或民族之真格局，而是借助自己虚构的人物尽情地意淫：杀啊！多杀几个蒙古人！还有汉奸！白盔白甲，杀杀杀！我手执钢鞭将你打！他做着的救亡梦只是一场梦，他的快乐也只是梦中的快乐，只是因为发昏才以为敌人真的饱受打击。读小说的人，也沉醉在这梦里，至少有一个瞬间真的相信胡仇、杨过等人存在，民族信心空前高涨，倘若给他机会，也许他真会跑到大街上去，扭住一个"汉奸"将他打成耳膜穿孔呢！——说到杨过，恍然大悟单枪匹马本领高强的救亡英雄在今日之通俗文学中仍是这般绵绵不绝！

文明境界

晚清有一部小说《新石头记》，写贾宝玉从青埂峰下修炼腻了，重新入世，发现已是 1901 年。他享受了当时的科技成果，如洋火、轮船、火车，也遭遇了其时的兵燹和黑暗（亲历庚子拳变，被人诬陷入狱等）之后，不知怎么走到一个新的国家去了，这个国家即"文明境界"。

对于未来的理想社会，我们一般喊它"乌托邦"，中国人描绘起乌托邦的场景，往往将其理论植根于《礼记》，"大道之行也，天下为公，选贤与能，讲信修睦"，外国人则植根于柏拉图《理想国》，然而在无论中外的想象空间中，理想世界都是丰足而方便的。有一部翻译小说《百年一觉》讲的是一个人睡起来发现已是 2000 年了，到处亮堂堂的——原来自己是在电器时代。这人惊讶而且欢喜得要发疯，他平日里生活常见的虱子臭虫贫民窟全不见了，四处是干净的！没有一个人在挨饿！这部小说在晚清风靡一时，致使许多原本抵触科技的人也不得不承认科学有可能会带来一个光明的未来。

《新石头记》中的"文明境界"即一个"科技乌托邦"，彼时的科幻作家跟今天不同的是：他们缺乏最基础的科学知识，他们的幻想更加天马行空，经常会脱离科学常识，出现神魔小说似的场景。不过有些事情倒是被猜中了——

贾宝玉在"文明境界"喝的茶，有浓郁茶香，却看不见茶叶，这像是今日常见的瓶装饮料；学校中有五万学生，老师开讲，每个人都听得很清楚，乃是因为用一个"助聪筒"放进耳朵，今天我们喊这玩意儿耳机；四个大花园分别长满春夏秋冬的植物，导致白菊和腊梅出现同一场景中，如今这有什么稀罕？贾宝玉被引入医院，看到验骨镜一照，一个童子立即被照成一架骷髅，吓得了不得，这不过就是一个 X 光设备么！其余验血，验筋，验五脏六腑的，这些设备我们如今都有，只是跟他说的那种不太一样，乃是因为作者不通科学，我们有的比他说的那个好多了。还亏他想出了无线电话和潜水艇这些东西。他当日最狂野的想象，如今统成为我们生活其中的日常情况。

没实现的也有，比如他说，"文明境界"中乘坐的公共交通工具是飞车，"那飞车本来取象于鸟，并不用车轮。起先是在两旁装成两翼，……后来因为两翼张开，过于阔大，恐怕碰撞误事，经科学名家改良了，免去两翼，在车顶装了一个升降机"，咳，这便是一架直升飞机了。我们平常自然不太坐直升机出行，我从北五环走到南六环，路上再堵，也不会想打"飞的"。地球太小，所有的目的地其实都很近。不过在《星战》那种电影中，楼宇外面"飞的"萤火虫似的飞来飞去，到了太空时代或者会不同了。今日的科幻小说基本是在跟外星人或不明生物搞来搞去，在日常生活层面上简直懒得去费那个脑筋，从 2G 到 3G 再到 4G 的确是科技进步，可我们是见过世面的，一切在意料中，不像晚清人似的想象着未来世界有霓虹灯映照夜空便激动得大呼小叫（如今我们用他们没梦见过的 LED）。

今天的我们并未逃离"求不得、怨憎会、爱别离"这些人类永恒的困境，可是不得不说，我们正在享受的"文明境界"，正是一百多年前被认为是人类幸福极限的乌托邦。

"绰故辣得"及其它

晚清最早一份专门性的科学杂志《格致汇编》，是英国传教士傅兰雅一手创办、经营的。其中"互相问答"栏目，专门回答读者提出的各种问题。这些读者多是阅读《格致汇编》的普通民众，《格致汇编》所介绍的自然科学知识为时人闻所未闻，读了自然有感于中，甚至达到颠覆三观的效果。科普虽有扫盲之功，却带来了更多的困惑，有些读者写信到杂志社询问，有些本地读者则到杂志社面询，问题可谓五花八门。

汉口的王君见西人不饮茶而饮加非（咖啡）、苟苟（可可）、绰故辣得（巧克力），问三物于人有何益处。"绰故辣得"的译名，读来令人发笑，虽是音译，却突出了一种味觉感受："辣"。尽管我们不觉得巧克力是辣的，八十年代初我父母初尝可口可乐时，共同的感受正是"辣"，大概以晚清人的舌尖尝巧克力，那一种从未体验过的新鲜古怪的刺激，亦可被概括为"辣"吧！这三种含咖啡因的饮料无非是令人产生欣快的感受，虽无大害也没有什么确切的益处。杂志详细介绍了三物及其与人的健康的关系，然而三物终究没有大肆流传，反而是鸦片等硬毒品成为许多人日常生活必需，甚至被视为药品"阿芙蓉"，不懂科学害死人。

据说科学在西方人的传统观念中是与艺术等同的，为存在而存在的，而在中国，它始终不能与实用主义脱钩。有人希望从"科学"中找到发财秘诀，有人问如何以硫强水将寻常元宝化出黄金，有人问如何在寻常铅内提炼银子，有人问哪里能找到铂，比较靠谱的人士则把矿石寄到编辑部，问是何矿，是否有开采价值，前后寄矿石者不下十人。更靠谱的则在自己家里用各种生活原料试制肥皂、德律风（电话）、发电器，或进行各种化学实验，甚至给自己补牙，倘遇失败便来函询问原因，呈现出爱好科学追求真理的良好态度，说不定还曾促生了若干民办实业的兴起。

以上爱好科学的来信者可被称为普通读者，另外有一些可被称为"个别读者"的，提出了这样一些问题：阳湖的吕君问，人饮食，饮入黄色，何以便出者成白色，食入白色，何以便出者反成黄色。这样的结论，大概也是经由不止一次的科学实验得出的吧！天津的名为"虚心子"的读者问，格致书上说，人物呼吸、烧火、腐烂、造酿等必需养（氧）气，世上生齿日繁，难以数计，养气能用尽否？宁波某君问，天文学家说，恒星光须三年才能射及地面，但苍穹之星光每夜可见，凭甚么说须三年之久？这些问题令我们仿佛回到了童年的"十万个为什么"时代，当初我们听到这些知识时，也感到了同样的诧异。这大概正是"不求功利，只为真知"的纯科学主义倾向，看，我们也是有的呀。

冈千仞的 1884

冈千仞是个不合流俗的人，在他的时代，拥有他那种想法的人在日本不得不做一个卢瑟（Loser）。他的那种想法，即接近中国的想法。冈千仞主张"联亚拒俄"，在他眼中中国是最亲切的同盟。他是一个汉学家。

那个时代的日本其实没我们想象得那么强大。1850 年，我们的徐继畬写了世界地理著作《瀛寰志略》，传入闭关锁国的日本后被视作禁书，到 1861 年尊王攘夷的幕府后期，才大肆译行这书。三十年后的 1890 年代，日本的小学生都很知道五大洲的地理布局了，中国如梁启超这样的举人才在会试途中第一次看到这书，感触如天崩地裂般。

当时的日本学界已为与"汉学"相对的"兰学"把持，日本人对他们曾亦步亦趋的中国充满复杂的怀疑。明治维新不过几年，好战者便试着向台湾和琉球下手，没有遭遇强烈的军事抵抗。日本学者纷纷游学欧美，中国土地乏人问津。而冈千仞堪称古典主义者，他抱持的观点是"陋邦之于汉学，不可一日少之"。痛心于"斯文荡然"，不得志的他于1884年那一年的春天决意踏上中国之旅，向他心灵的故乡做奋发之游。

在上海见到了他朝思暮想的王韬，这位写了《普法战纪》的一流文士因在日本时纵情声色而在日本知识界声名狼藉，冈千仞为他开脱道，他是因为未有所遇俯仰感慨郁结于中，不得已托之于声色豪华。6月8日，他到达上海的第三天，王韬在宴会上托言头痛隐遁不见，同座的商人岸田吟香告诉他，王韬大概是回家过鸦片烟瘾去了。6月12日王韬在有鸦片烟具的房间里接待他。冈千仞立即提出禁烟问题，王韬笑答道，烟毒和酒色没什么区别，以及，抽烟能够却除他病。

他屡次想跟王韬谈论中日以及亚洲的政治，王韬皆于谈笑间回避话题。怀着偶像破灭的痛楚和失望，他离开了。北上燕京的火车上他以一本《韬园文录》为车上读物，议论的剀切痛快仍令他心折。他决定原谅他的放纵。

在盛夏的苏州他见识了蓬园、留园和怡园的美丽；到了嘉兴他感喟水路的发达之余，不忘考虑水运通商之便的问题；久久期待的杭州以数千家烟馆的冲鼻臭气迎接他；在慈溪的王氏家族他住足了一月，大家族的富贵安闲透露着腐朽的情趣；在绍兴有人向身着奇服的他投掷瓜皮……最让冈千仞觉得难堪的是一次宴会，杨守敬每说一种日本风俗，在座诸人便大笑不止。冈千仞虽听不懂中文，敏感的他却能猜到他们在说什么。回到住处他便写道：中国每个人都留着长辫子，女人裹着小脚，家里没有厕所，街道逼仄肮脏，他们不应当嘲笑外国的风俗。

这一年的最后一天他在上海度过。在这里有两个他热爱的朋友，一个是王韬，另一个是张焕纶。后者是他心中中国的希望，也是东亚联合起来抵御外侮的最后寄托。然而这天他是跟王韬一起度过的，他们谈的是两人共同熟悉的中国诗歌。

好色的紫诠

1879 年王韬王紫诠到日本游历了一番，他走后，日本人对他的评价是"儿女之情有余，而风云之志不足"。作为《普法战纪》的作者，他在日本原享有很高的声誉，但日本人很快发现，什么家国、进步、维新之类的想法，他是绝口不提的。冈千仞说他"议论不及当时，文酒跌宕"。刚到日本时朋友为他找了一处寓所，同时安排了一位阿朵与他朝夕作伴，九日后阿朵离去，阿药来了。除了侍姬一月中易两人，他还几乎无日不与妓处。善解人意的日本文人从此对他"只谈风月"。六月二十四日藤野海南在上野公园八百善亭做东道招待他，招艺妓三人，令王韬大出意外。海南是道学中人，呼妓侑觞是特地为他破戒。

他刚到日本时看见艺妓不禁笑了，觉得她们脸上的妆容"白者太白，赤者太赤"。然而不久他便随遇而安，并迷恋上东瀛女子，日日在花天酒地中做活，几不知有人世事。面对日本人对他为何于知命之年还如此好色的直言询问，他搬出《离骚》香草美人、《国风》好色不淫的例子，并把王安石、严嵩都说成"不好色之伪君子"，以此高张自己"好色之真豪杰"的身份。王韬的言行在中国的文化中是有其传统的，"柳耆卿诗酒玩江楼"张扬的是文士风流，袁中郎以"托钵歌姬之院"为"五快活"，放浪形骸本是名士习气，然而这很难在日本人的人格逻辑中找到合理性。相良长裕曾赠他宝刀，"乱时杀人如草。悬之壁间，夜辄做声"。这勇猛刚烈的礼物并没有得到王韬的重视，颓放的紫诠笑道，"我生已无戎马想，岂求杀贼成公卿"。

他是"自伤情多"的情教中人，仔细阅读他见到的东瀛烟花。在伊势源楼他遇到美丽的角松，回来后在日记中写道："余青衫老矣，落拓天涯，苦无知己，今之爱角松者，譬诸天生一名花，不得不爱护珍惜之也。此意甚公，见者幸勿以私心测度。"他不仅为了他的欲望和爱情，作为文人，审美是他人生之目的。他与上百日本文士的来往酬酢中无非诗与酒，日本人尽管礼貌周全，他们的相互了解是有限度的，但他在日本女人身上已看到了何谓日本人。归来后他做过一篇名为《东瀛才女》的文章，评价日本女子是"天下之至无情者"，他看到她们做外国人的"客妻"，相处若干年后的离别中绝无一丝依恋，然而做人一日客妻，便有一日的操守，可以放心地把钱物全部托付给她，这点是柔情缱绻的我国平康曲院中人万万不及的。

四月二十日他同小西、藤田等人到新富剧场观剧，演出的是阿传事迹始末，回来后念念不忘，终于做了一篇小说《纪日本女子阿传事》。阿传的堕落故事有点像前几年的文艺电影《讨人嫌的松子》，美丽奔放的女人被自我的热情烧毁，成为刑事案件的主角。然而他并没有随自己写的故事进入现代文学的序列，而是继续在强大的古典惯性下写作着烟粉灵怪。他老了。

若干年后，东瀛女子以她们的身体和灵魂引导了郁达夫和郭沫若。

康有为不读西书

作为中国第一场资本主义政治改革的策划者，康有为试图以日本变政和沙皇变政的成功影响光绪。他在奏折中说，"二十年来讲求万国政俗之故，三年来译集日本变政之宜，日夜念此至熟也"。他袖子里一直装着各国铁路里程表，打算一有机会就展示给光绪看。变法失败后，他在一种激烈的情绪中写了《我史》，追忆1874年读《瀛寰志略》，二十五岁后大讲西学的经历。然而他的弟子梁启超对他的评价是："不通西文，不解西说，不读西书。"

梁启超不赞同康有为十七岁时（1874）便读过《瀛寰志略》。他说，那时西学初输入中国，举国学者，莫或过问。1882年以前，康有为僻处乡邑，并不知西学为何物。1882年，康有为走出他隐居的西樵山，到了香港、上海，买了一批西书。这在康有为的自述中，是他专肄西学的开端；然而梁启超说，他当时买到的不过是一些江南制造局出版的声光电工兵医之类的科学读物，或耶稣会的传教读本，并没有什么有价值的书籍。

在黄小配专以污蔑康有为为目的的黑幕小说《大马扁》中，也提到了：

> 那康有为本有点子聪明，虽于西国政治不大通晓，惟看过几部《泰西新史览要》的译本……

> 又有说道："那康有为要行西法，难道他是精于西学的么？"有些知道的，又答道："不是，不是，那康有为是未曾读过西书的，哪里懂得西学！想是看过几部翻译的新书，他就要做特别政治家罢了！"

1882年，康有为在上海集中购了百本左右西书，后来又屡有购入，到1897年变法前夕，他至少读过包含《万国史记》、《万国通鉴》、《日本新政考》、《西国学校论略》等在内的五十种以上西书，和《西国近事汇编》、《万国公报》之类的连续出版物。1894年，康有为在桂林给学生授课，列了西学书目。1897年，康有为编写了有大段按语的《日本书目志》，自称书目是以他的藏书为基础编定的。

然而在他学生记载的1891—1897年万木草堂讲课笔记中，康有为对他的学生说：西学多本墨子。也就是说，西方人研究了墨子的学问，才发展出他们的科学。他还津津乐道地说，新金山猴子猩猩，能盖丈余高的房子；以及，西方人大量进口大黄和茶叶，是因为他们一天不吃大黄喝茶就会死。1894年，康有为参加了《万国公报》的征文活动，做了涉及铁路、出口、海关、禁烟和中外关系的五道题目，仅获得了六等奖。

他其实全部读完那些西书只用了几个月。他其实并没有几本日文书。他其实把西学看得很儿戏，其实他是个老经生，他的心血主要倾注在孔子的《春秋》上。但是他的《新学伪经考》在皇帝和大臣那里碰了壁，令他们不相信他的经学。在很短的时间内，他不得不完全转变他的态度，变成一个西学专家……这就是领导第一场资本主义革命的那个人。因此梁启超说，戊戌变法中，"其主动者，亦未能游西域读西书，故其措置不能尽得其当"。

攻日策

对待日本应该有怎样的态度和方法？应该去攻打它。你没听说过吗？凡事制于人者弱，能制人者强。如果我们不去打它，它就会来打我们。

如果我们主动侵略，你想啊！我们肯定派最强的兵，一个个都是精壮汉子，来无牵去无挂，揣着各种枪和武器，直接杀到他们的城市和乡村，在人口密度那么高的日本，到处跑的都是脆弱的男人和女人的肉身！一打他们就会死的！虽然他们也有兵，但死了的那些里面肯定有军属！怀着悲伤的心情，军心就会涣散！

就算他们不涣散，打仗的地方肯定不能做生意对不对？也不能搞生产对不对？人们都忙着到处跑！跑！跑！日本就大乱了！而在大后方的我国呢，生产照常进行，鸡的屁（GDP）继续增长，为了支援前线的战斗人们还会多生产一些，大量的军费就这么轻轻松松地挣出来了。来，拿去拿去，全都用在干掉日本鬼子上面！

话说为什么要打日本，不打英美帝国主义呢？你想啊！他们离我们那么远，我们开了轮船过去，不仅运不了多少人，而且他们还会晕船。所以英美欺负我们，只好由他们欺负好了，日本可不一样啊！与我们一衣带水！自古以来他们就有派倭寇过来抢东西的传统，我们只需要循着他们来的路跑过去就可以搞定他们了！

……咳，事情是这样的，上面那一大篇混账话真的不是我说的，我只是把康有为写于 1894 年的奇葩文《攻日策》稍微翻译了一下。自从上上周看到了《攻日策》，我的右半身被雷得焦酥，养病到今日不仅没痊愈，左半身也遭到了感染……

至于这篇文章为何如此让人受不了，我只能说它违背了常识——那种深深植根于我们内心深处，构建了我们的三观，比生命还重要、绝对无法倒塌的东西。人家不来侵略你，你就去侵略别人吗？因为你有能力欺负人家，你就去欺负吗？你不去真刀真枪战场上见，却把枪口瞄准无辜的平民吗？幸亏戊戌变法没成功，中国的大权没落到康有为手里。作为一个文弱的、爱好和平的、希望世界充满爱的知识分子，真的不愿意看到——我们竟然是这种人！

开始我以为这种奇葩的思想只能产生于 1894 年那个神经错乱的年代，然而当我想到另外一桩事实，不禁低下了头。1937 年 9 月 18 日，他们跑过来的时候，大脑里面有一千个康有为……

毕竟我们"一衣带水"，被同样的文化传统浸润，我们一度使用着一样的文字，在人种上也完全一致，曾经被康有为想到过的那种邪恶的念头，四十多年后也同样入侵了天皇和东条英机的头部。如果能穿越我想对他们说，"如果脑部感染了这种可怕的战争细菌，真的不如做切除手术……"并且拿出《攻日策》吓得他们瑟瑟发抖：横滨若天津，浦贺如大沽口，长崎如江浙之冲，鹿儿岛如闽粤要害，如果我们四面夹攻，你们能逃得了嘛？看，我们早想到了，我们只是没有做！

说文解字

新诗别裁

新诗这东西——虽说用分行体的现代汉语写成的诗是这时代唯一活着的"诗",但只要心中有"旧诗"存在,就不能在它前面去掉一个"新"字——人们普遍的反应是难懂,他们觉得旧诗好懂得多。其实呢,都是"诗",只要把新诗放平了好好看,也一样地好懂。

比如我这两天正在看金人瑞圣叹老师批评的几百首唐诗,突然觉得假如把一首新诗放在他面前,他一定能懂。金老师对唐律诗很有心得,他说唐律第三四句喜欢"侧卸而下",平铺之后偏要笔锋一转,如写完"去年花里逢君别,今日花开又一年"后,立即转到"世事茫茫难自料,春愁黯黯独成眠";又说另有拗一句法,"春雨即事"一二句写景有轻愁,一下子拗到"虽愁野岸花房冻,还得山家药笋肥",高兴了起来;又说另有拗一句与陪一句之法，如先走出题外说"眼穿常讶双鱼断"，再说"耳热何辞数爵频"，以完酒中赋诗的题目。

蒋浩的诗《海的形状》，开头"你每次问我海的形状时，/我都应该拎回两袋海水。……"笔锋是在这个地方轻轻一转的："你去摸它，像是去擦拭/两滴滚烫的眼泪/这也是海的形状。它的透明/涌自同一个更深的心灵。"——说这是"侧卸而下"，有何不可？

张枣的诗《镜中》，"只要想起一生中后悔的事/梅花便落了下来"（为何是梅花？如何落？如何后悔？他根本不说！）接下来却是："比如看她游泳到河的另一岸/比如登上一株松木梯子"——好一个"比如"！就这么拗过去了。正如金老师所说，"于题外故作一拗"，只缘作者心中有一种"离奇屈曲之气"。接下来的名句："危险的事固然美丽/不如看她骑马归来"——便是顺着这一种拗劲来的。金老师说，"作诗至五六，笑则始尽其乐，哭则始尽其哀"。到这句算是真"始尽其乐"或"始尽其哀"了，从拗那么一下开始的"离奇屈曲之气"终于荡气回肠了也。

臧棣的诗《线人》，上来一句题记："有谁能骄傲地拒绝那一线希望"，异常醒豁，很像是金老师所说的律诗一二句，"分明便是一位官人，大步上堂来"；其后每一段具备相同的结构，以第一段为例，"这是两个打算分手的人/在他们中间有一条线"；其后又有"相互狐疑的陌生人"、"法官和罪犯"、"空中小姐和乘客"、"两地分居者"……每一对对象中间都有一条线。毫无疑问，一段的最后一句是点题的，即"陪一句"，而前半部分永远是"拗一句"。金老师说律诗中的三四句"是一诗正面"，臧棣这首的"正面"构成回环往复的结构，"一二最是出力，三四从来只是省力"——所以有了那句精彩的题记，后面便缠缠绵绵地写了下去。

这几首诗并非"恰好"符合金老师的诗歌观，而被好不容易地寻出来作为例证，而是相反，在新诗中，这样的例证比比皆是。金老师很高兴地论述唐律诗律体是多么的严，一字不可添，一字不可减，律诗的律是法律的律而非音律之律云云，然而用他的法子读新诗，会发现句法之美和诗性之美一样存在，只是法律消失了。有人戴着镣铐跳舞，另外的人因为他的舞跳得好，便去赞美那镣铐，殊不知去掉镣铐，他跳得更要好些。

尽管方向有误，但谁也不能否认金圣叹对诗歌怀着惊人的鉴赏力，他意识到并赞美令一首诗走上拗途的"离奇屈曲之气"，这正是诗意"陌生化"的体现。

接吻

　　"接吻"一词从字面看含义明确，《说文》释"吻"为"口边"，两人嘴边接触即接吻也。不过也有不同意见，如郭老"我要在她的眼上，在她的脸上，在她的一切一切的肤体上，接遍整千整万的狂吻"（郭沫若《喀尔美萝姑娘》），便指一人的嘴边接触另一人的随便哪里。这不是郭老的个人意见，这大约是五四最初使用白话文的一代知识分子之共识。胡适在他1923年10月13日的日记中写道，因为他看了《女神》并且准备要评，郭沫若大喜之余，"竟抱住我和我接吻"。这段子落在主张接吻即"嘴嘴相对"的当代读者眼中自然是骇人听闻，实际情况没有那么严重啦，只是郭老的嘴碰到了胡适的不知道哪里而已；据逻辑推断，最有可能性的部位是脸颊。

　　然而两嘴接触式的接吻在《说文》中亦有其词，这词就是

“歍嗽”，段玉裁注曰：谓口与口相就也。这个由两个字组成的奇怪的词很耐人寻味，“嗽”从字形上看就是指两口相就不必说了；“歍”即“呜”，它的含义却很复杂，杜牧《遣兴诗》说，“浮生长忽忽，儿小且呜呜”，指的是婴儿的嘴巴在做吮吸的动作，不是在吃奶，便是在吃自己的小手指头做消遣吧。也就是说，两口以小儿吮吸的动作做深度接触，这才是“歍嗽”，是深吻或者舌吻。有了“呜”的动作，那么“嗽”自在不言中，可以省略，于是有了另外一个词“呜口”：“时有比丘尼在白衣家内住，见他夫主共妇呜口，扪摸身体……”这香艳无比的场景来自于唐代的佛经（《四分律藏》卷四十九）。

所以说“接吻”一词最初的含义没什么要紧的，要紧的是“歍嗽”。为了继承发扬我国悠久伟大的文化生活传统，建议以后涉及到舌吻时不要说“接吻”了，统统代之以“歍嗽”，此事与我们的民族情感紧密相干，要紧要紧。据说拍电影时，拍歍嗽戏时为达到上镜的最佳效果，男女主人公从不会嘴嘴相对，而是稍微错开一点，从侧面拍起来两个人都显得歍嗽得比较文雅好看，那么实际上两人就没有真正的歍嗽，还是嘴边相对的接吻。不过在那种长达好几分钟的歍嗽戏中，尤其是深度表达内心世界的文艺电影中，大概也还是歍嗽而不是接吻吧。在爱情动作片中，更是歍嗽不止。

因为有"歃嘁"，我们知道了古人也是很懂情趣的，而不是如我们先前以为的那般腐朽不堪，一入内闱二话不说便上演植物大战僵尸。

说到此处，一阵困意袭来，睡着做了个梦，梦见一个明朝的古人对我笑道：你好不通！《挂枝儿》小曲"大着胆，上前亲个嘴"；猪八戒在高老庄，"走进房，一把搂住，就要亲嘴"；《醒世恒言·汪大尹火烧宝莲寺》"把李婉儿双关抱紧，一张口就凑过来做嘴"，怎么忘了？我连忙揪住他问，这"亲嘴"或者"做嘴"，具体动作是怎样的？歃嘁，还是接吻？他刚要回答，我妈喊我吃饭，把我喊醒了。所以说对于"亲嘴"和"歃嘁"的关系之辨，我尚整不明白，此处按下不表了也。

这"老公"不是那"老公"

这阵子，有些半瓶子醋的人在网上发文章，号称"老公"这个词在古代意思是"太监"，现在女人们喊自己丈夫作"老公"，实在是一种污蔑；这风俗是改革开放初期从广东传来的，我们本不这样叫，云云。不靠谱的文章出来了，就有没节操的媒体转载，弄得全国人民不知所措，这真是："朝闻盗席，死可矣"啊。

"老公"这词确有"太监"之意，清初小说《醒世姻缘传》中，开银铺的童奶奶奉承宫里的一个陈公公，跑到他的门前，对看门的说："我变了几两银子，待来还老公；又寻了几个佛手柑与老公进鲜。"看门的说："老公在朝里，这几日且不得下来哩。"显见童奶奶和看门的这俩人口中的"老公"都是那名内官，跟死了的童七没什么关系。

不过如据此说"老公"就是内官，却又不妥，因为"老公"

是个多义词，它首先指的是女人的合法配偶，在某种特定情境下才指内官。元杂剧《窦娥冤》中，张驴儿父子要霸占窦娥婆媳为妻，窦娥的婆婆去跟窦娥说："不知他怎生知道我家里有个媳妇儿，道我婆媳妇又没老公，他爷儿两个又没老婆，正是天缘天对。"《水浒传》第四十九回，形容母大虫顾大嫂时，说她"有时怒起，提井栏便打老公头。"这两处的"老公"，毫无疑问是指的丈夫。关汉卿祖籍山西、出生地河北固安，常年客居大都，是一京漂；施耐庵是泰州人，或者苏州人，或者杭州人，这一南一北，一元一明，都把女人的丈夫喊作"老公"，可见"老公"就是老公，不是太监。改革开放之前我们普遍称那一位为"爱人"，广大农村地区则称"当家的"、"掌柜的"、"拴柱他爹"、"挨千刀的"，然而称丈夫为"老公"的习俗可真不是从广东来，而是由来已久。

古代的词流传到现在大抵有三种命运：一，失传了；二，含义改变了；三，含义没变。就"老公"而言，它的一个含义失传了，另一个含义没变，只是古今词义变迁小魔术中的一种。对此，我们要淡定，不要动辄一惊一乍地错把"老公"当太监。为了锻炼您的承受力，举几个例子给您看看古代人民是怎样用词的：《大戴礼记·夏小正》中，有"七月，秀雚苇。狸子肇肆。湟潦生苹。爽死"，是在描绘做一名劳动人民实在太愉快了，爽得如仙如死乎？《诗经·卫风·氓》中有"女也不爽，士贰其行"，是在诉说女人发现丈夫不忠后十分不高兴，得了抑郁症乎？《窦娥冤》中，窦娥的鬼魂对着张驴儿唱道："你本意待暗里栽排，要逼勒我和谐，倒把你亲爷毒害"，又是什么意思呢？

来自台湾教育部门的信

作为中国本土中文系"三古"专业（古代文学、古代汉语、古典文献）的研究人员，会不时地遭遇到古代语言文字与当代中国语言现实之间的龃龉。

举个最常见的例子，"三古"专业的研究生写论文时，绝对找不到一个趁手的输入法可用。就说最常用的搜狗繁体字输入法吧，输入古汉语时，它存在几个突出的问题：第一，许多汉字在古代其实是简写与繁写并存，比如"岳"与"嶽"，"琼"与"瓊"，字库中却只有繁体，如要输入另一种写法，就要临时切换成简体去找。第二，缺乏联想，基本上是输一字找一字，古代汉语中极常用的词汇如"吁嗟"、"该博"、"玄览"、"亭午"之类都没有现成的，而当输入如"澒洞"、"璁珑"一类的词时，简直要找字找到死啊！第三，缺字严重。譬如前述"璁珑"之"璁"，原可被写为王字边加一个"从"的，这个字，就没有。另外，大量的异体字基本上在字库中找不到，还好这个问题，被我在网上搜检得到的"异体字字典"解决了。

这部全名为"民国一○一年八月版（正式六版）教育部异体字字典"的线上字典是由所谓"中华民国教育部"颁布的，也就是说，是台湾"教育部"的工作成果，有一个叫做"教育部国语推行委员会"的分支组织专门负责此事。从该分支组织的名称来看，并未将这项工作视为"古语文"相关而仅供学术研究，而是在做"国语"即现行汉语的基础工作。这部字典十分好用，输入单字如"岳"，便出现了九种异体写法。我在做嘉靖谈恺本《太平广记》的校勘研究工作时，所遇到的异体字都可以从中找到，复制下来便可以直接应用在论文中。做完论文，心情愉快，按照网页上给出的电邮地址写了一封信，把字典中未收录的几个字用画图画下来，并说明出处，发过去。不是"欢迎提供试用意见，作为本典持续修订之参考"么！

邮件是周六下午六点钟发出的，周一下午二时已经收到反馈，"敬启者：您好。您的意见与问题已收到，俟有处理结果后，将尽速回复。敬祝身体健康，事事顺利。"本以为是客套，下周二，"处理结果"真的来了，"敬启者：感谢您对教育部《异体字字典》的支持与爱用。来函所提明代嘉靖谈恺本《太平广记》，因非属本典 62 种基础文献，故未能收录其中字形。在此，谨先向您致上谢意，让我们有机会增益字形资料。有关所提三种字形，前 2 字本典将于还原原始资料后斟酌收录，至于最后一字……"原来那个字他们是收入的，是我在查阅时没有看清楚，然而他们在核对时，由于我所画之字与他们收入的字的某偏旁有出头、不出头的微小区别，被他们认为是两个异体字，只是因为此偏旁的区别常见且易辨识因此作为同一字处理。工作的细致令人感佩。

中国大陆是汉语语文的发源地，也是优美雅驯的古代汉语存在、发展了几千年的地方，然而如今大陆的语文现实令人担忧，反而在台湾这海岛边陲延续了传承之一线。汉字由繁体变成简体，虽有方便易写之利，却造成了难以估量的文化损失。窃以为大陆文化官员在政绩方面的努力，应当分一部分到"建设靠谱的繁体字库"这类基础性工作中来。

茫茫汉语

　　在现代汉语阶段，我们丢失了百分之七十以上的语文。如今的中国人对传统语文是生疏的，他们中绝大多数甚至不清楚曾经有多么丰富、优美、雅驯的汉语存在过。

　　说起丰富性，早饭和晚饭在汉语中是两个词，早饭是饔，晚饭是飧。倘若一个人穷得没饭吃，那么就说他饔飧不继。下午三点叫做晡，到了五点就变成昳，太阳落山以后就称为旰了。跟女朋友下午约会她晚饭时分才来，那么你的等待叫做"自晡至昳"；总经理上班天天第一个来最后一个走，为自己挣钱最有动力，有一个成语叫做"宵衣旰食"。形容一个走路的姿势，称姌是老员外走的四方步，躄躄是慢腾腾，踥蹀是来回来去徘徊，蹁跹是女人走得很好看。

　　成语简洁至极却蕴含着丰富的意思，每一种都有着华丽的出处，比如"望洋兴叹"来自于《庄子》。然而在现代汉语阶段仍然为我们使用着的成语大概不到全部成语的百分之十。比如下面这则短文——

一群驴友登山，一路上扪萝跻险（抓着野藤爬到悬崖边），构巾棘履（头上的树枝挂住帽子以及鞋底被荆棘刺穿），好不容易来到山顶，围坐着裂鸡酾酒（带的有烧鸡和白酒!）。正吃着，丛林中跳出一群伏莽探丸的绿林锦帆之徒，高叫着："银票的有没有？有没有!"驴友协会主席吓得趴在地上，稽颡有声（砰砰地磕头），喊着"大王饶命"，一边把大家的钱包递上，让他们满意而去。

强盗走后，驴友们放声大哭，说这下一毛钱都没有，糠豆不赡（穷得连饲料都吃不上），马上饥馑洊臻、道殣相望（饿得死光光）了啊！主席惨然一笑，说，没有事，有我。说着取出自己缝在内裤里的钱包，倾资分赆，并主动请求辞去主席一职，免讥覆𫗦（免得你们笑话我是个棒槌）。

大家于是下山，没了来时的兴头，蓁莽梗路，趑趄欲踣（跌跌撞撞要滑倒），还怕碰上豺虎蛇虺之族，突然看见一座大房子，闶闳高峻，阀阅焕然（好房子也），饿极了的驴友们砰訇于门（使劲敲门），半天来了个小和尚开门，才晓得这是一座大庙，刚建好三天，曲突无烟（没有做饭的地方）。小和尚听到他们的遭遇，给弄了点吃的，恶草俱陈（很差的饭），大家太饿了，还是吃了个箪瓢屡空……

这二十个成语随着语文的发展，基本上被屏蔽在现代汉语的表达之外，譬如构巾棘履，如今人们不戴头巾，穿旅游鞋也不会被荆棘刺到脚，这个成语失去了它发生的场景。类似的还有稽颡、糠豆、道殣、阀阅、曲突、箪瓢这些古代生活中常见的事物在生活中消失。然而新的场景将赋予旧的成语全新的含义，比如"抵掌"是个什么姿势我们从未见过，可还是未免有时跟人"抵掌而谈"。如囧、槑、郁闷、悲催，也都是在茫茫的汉语中存在着的僵尸词，突然间还魂并且大有作为。

我们如一粒芥种漂浮在茫茫的汉语中，如果清醒，大可以看到无边的美丽。

武侠鉴原

守宫砂

我立志研究"守宫砂"已一年有余，可惜进展缓慢，到现在只搜集到三条材料。

"'守宫砂'是什么?"曾有人发问，他是看到了金庸的小说中，李莫愁和小龙女胳膊上都有这玩意儿。有人的回答堪称绝妙："守宫砂即处女膜的桌面快捷方式。"——这是就功能而言。

在我搜罗的几条材料中，只有一则提到了"守宫砂"在技术层面的形成过程。这条材料的来源是一部一百二十回的清代小说《守宫砂》，作者失考，内容是正德年间的一群英雄侠女如何保卫大明江山，就文学性来说，这小说在三流以外水平，比日产万字的网络写手高不了多少，创作手法也大同小异：略识几字的工匠宅在出租屋里为稿费玩命意淫，幻想金钱美女一齐来。小说中有一个叫楚云的姑娘，女扮男装出将入相，后被发现是女人，为了证明自己在军中的贞洁，在皇帝面前，被内侍取金针在"守宫处"刺出血来，在宫砂盒内挑了一点宫砂，点在刺血之处，宫娥取一盆水来，手执绡绫，用水滴在守宫砂处，揩了一回，将外面血渍揩净，"果然那一点鲜红已浸入皮肤之内"。

《夜雨秋灯录》里有篇《雪里红》，主角是一妓女，本来美丽，又簪花傅粉乘犊车往城南观新剧招摇过市，令人一看便知她的身份，于是被游荡儿群拥而归，问"多少钱一夜"，她便伸玉臂露出守宫砂，"六岁时，遇吾师以丹药点作贞验，至今身犹处子，不愿作夜度娘也"。是卖艺不卖身的，然而她的"艺"很特别：用一瓷盆装六个骰子，能够一掷成红者，她便嫁给他，不管他的岁数、相貌，有钱没钱。当然，要想有"一掷"的机会，得先出十两银子。——这是一开赌场的，彩头是她自己。故事的结局是遇见了如意郎君，人穷貌美，言辞慷慨而气概夺人，令美人心折，于是一掷成红（于是你知道这女人大概也是赌场老千一类，想让谁红谁就红），当晚圆房，第二天早上"红褪如洗"。

第三则见《萤窗异草·银筝》，泾阳商人李元燮在人群中睹一裸女，污秽不堪，散发着屎臭，人人掩鼻奔避唯恐不及，然而目"灼然如秋水之波"，腰"搦然如春风之柳"，从而认出是一绝色美女，跟随不忍去，半夜在她住的破壁附近听到她在吟诗，不禁雀跃大呼："守宫砂可容一验乎？"

在军中、在欢场，以及裸身处闹市，对于孤身女子来说，保持贞洁都像一个神话，然而如上几位做到了。她们各有各的办法：或花木兰似的冒充男人，或身怀绝高武艺，或遍身涂屎尿污秽。尤其是前二位，她们是公众人物，不仅要保持贞洁，而且要把这保持的结果展示给人看，有它在意味着道德的绝对优势，开赌场诱以美色大发其财也都不妨，纯真无瑕品性高洁的小龙女却吃了亏，因少了这个而无以自白。——那么守宫砂究竟是什么？

我翻遍《针灸大成》，发现根本没有一个《守宫砂》小说中出现的"守宫穴"（如今的网络小说中，"守宫穴"更是泛滥成灾，以讹传讹，那位名不见经传的清朝写手开启了就这个问题胡诌八扯的先河）。守宫是一种动物。南方人的志怪小说（《耳食录》、《咫闻录》之类）中经常出现的守宫，北方人的小说（《醉茶志怪》、《阅微》之类）中叫它"蝎虎"，跟狐狸、刺猬、黄鼠、蛇一样，常常成仙为害人间。至于它为什么跟"守宫砂"以及处女的贞操有关，待考。"砂"指丹砂，《神农本草经》中罗列的"上药"一百二十种中排第一，"无毒，多服、久服不伤人"——这自然不对，因为丹砂的主要成分是汞，吃多了会死，长期潴留体内会造成汞中毒。

活死人墓

王重阳在终南山下穴居，号"活死人"，别名王害风（即得了神经病之意）。他为什么害起了神经病呢？是因为他在甘河镇遇到了神仙，传给了他一套修炼真诀，所以他要找个洞洞躲起来，专心练功。

所以说，金庸大侠说他抗金未成因而穴居拔高了他的政治觉悟，并不符合历史事实。他在活死人墓中住了两年多，而不是金大侠说的八年；他出洞的原因也不是因为林朝英骂他，而是实在呆腻了，就一把火把洞烧了，自己跑了出来。——洞中失火，这情形很像烤红薯。——不过他作为武侠小说主人公是适宜的，因为此人的确中过武举甲科，拳脚功夫不弱。

真正穴居得比较久的，不是王重阳，而是丘处机。磻溪六年，龙门七年，他的穴居生涯长达十三年；也就是说，丘处机不仅是全真教掌门，而且是正宗的古墓派传人。传下来的，是"穴居"这种修行方式，而非形而下的古墓。终南山下的"活死人墓"早就烤了红薯了，想要穴居么，再挖一个洞就是了。再说全真庵，它最初也不在终南山，而是在山东马钰的家里，叫做"马氏全真庵"。王重阳是离开终南山后，在山东创立全真教的。王重阳死后，四个大徒弟把他埋在刘蒋村——"活死人墓"在附近的南时村，刘蒋村这个只能叫做"死死人墓"——然后庐墓两年（一说三年）。这两三年中他们建成了全真庵，从此这个镇子叫做祖庵镇。虽非真正的祖庵，可也将就算是吧。然而全真祖庵不是跟"活死人墓"比邻，而是跟"死死人墓"对峙。

这么说来，"活死人墓"并非传说中的地下 CBD 人生后花园，八房七厅的平居大宅喽？别说在里面做饭练功谈恋爱了，连吃饭睡觉的基本需求都无法满足。丘处机穴居时，不仅一天只吃一顿饭（还是乞食来的，也就是说，在洞里只能吃外带的盒饭），而且六年没有睡觉。按照全真教义，肉体不过是"一团脓"，所以搞得越不舒服越好。

金庸老先生真能扯啊，不过在他之前，鬼扯的人多了。比如说清代有一个山寨版"活死人"，姓江，四川人（王重阳是陕西人，两个住得不远，都离终南山蛮近），跟王重阳一样，他也出身于有钱人家，明亡之后，散尽家财到终南山学道。他有上百弟子，他吩咐他们给他挖一个土洞，"仅可容身"，他自己住在里面，让人把上面用土封起来，"毋使有隙"。——也就是说他让他的弟子把他活埋了。——但是他没死，他让他的弟子们每天过来喊喊他，看他答不答应。就这么答应了三年，后来不出声了，他的弟子直接弄了块石头放在埋他的地方，上面刻字曰：活死人之墓。

我不知道这故事的来历，是江某作为王重阳的粉丝故意效仿其作为呢，还是文人陈鼎把王重阳故事改换时间人物另做了一篇文章？（是模仿秀还是小说创作？）让我们假设果有其事吧，那么江某应当是创造活埋的世界吉尼斯记录的人，至今无人超越。只是他后来为什么不出声了？刻薄的人说："有人把他挖的那个通往山后的地道口堵住了。"诚是诚是。

论轻功

　　无论是蝙蝠侠、蜘蛛侠，还是超人、奥特曼，都有一个共同的特点：他们会飞。诸君知道，人类一般是不会飞的，因此这些国外侠客的身份都有非人的一面。中国的武侠小说主人公自古以来由人类扮演，否则将被归入"神怪"一类，算不到武侠的账上了。为了解决这些伟大的侠客行侠千里的移动需求，"轻功"出现了。"轻功"使人类突破了物种的生物学限定，使之可以通过行之有效的练习而克服地球引力，同时实现动力学的伟大突破，仅凭人体内部的有限能量达到超越高铁、近乎飞行器的速度，因此势必是中国功夫最耀眼的创造。

　　尽管一大票迷恋中国电影的鬼子跑到电影院只是为了看中国功夫，但"轻功"之博大精深不足为鬼子道也。当一个教我英语的鬼子高喊着"Fly!"，一边摆出中国功夫的造型，一边愚蠢地哈哈大笑时,我能用什么样的语言,告诉这猪头"轻功"和"fly"之间有天壤之别?跟伟大的轻功比起来,铁臂阿童木不过是个哪吒,超人不过是个有脑的动力飞行器,至于奥特曼,堪称小型核电站,全身上下都是辐射,不环保没人性,什么 Ultraman,喊你 Outman 还差不多。你们连孙悟空孙大圣的水平也还没有达到啊!

"轻功"的发生原理植根于传统中医学、神秘主义和气功;拥有轻功的可能是看起来弱不禁风的少女,也可能是骨瘦如柴、行将就木的老妪。《庄子》中"御风而行"的列子,大约是轻功的鼻祖吧,然而庄子仍然觉得他的轻功修炼不到位,因他尚需风力的协助,动力问题没有得到真正解决。风力驱动组的能效远远低于成熟的"轻功",因此列子往返某地用了二十天,虽然免于脂肪燃烧为单一动力的辛苦,在速度上仍不尽如人意,有待进一步的探索。

美丽的唐传奇中已经有了身怀"轻功"的代表人物:红线女。她去时梳乌蛮髻,攒金凤钗,衣紫绣短袍,系青丝轻屦,再拜而行,倏忽不见,绝不会有内裤外穿那种不雅的造型,也不会发出那种火箭发射般刺耳的声音。只过了饮十来盏酒的时间,"忽闻晓角吟风,一叶坠露",则是她到二百里外完成任务回来了。何等优美!何其轻盈!"轻功"的本质就是这样优美这样轻盈的,因此即使是我们的男主人公,也从来不会是超人那种肌肉男，举一小例如《兰苕馆外史》中的"剑侠"，"美皙，弱如处女"，又白又美又香，而且"博闻强识，无所不晓"，有的是时间通览文科知识，不像外国类人侠那样，除了发光冒火满世界乱砍外啥也不晓得。

FLY算毛啊，你不会轻功——所以这个周末，就不要纠结蝙蝠侠还是蜘蛛侠了，建议爬爬黄山，比较有希望碰到身怀异术的高人，轻功这门技艺要代代相传啊。

怪力乱神

如何长生不老

"长生不老"这事，大约是没有的吧。西蒙娜·波伏娃有部小说的主人翁是个活了千把年的老不死，然而她偏给这小说取个题目作《人总是要死的》——这是当代人类的共识。在中国的古代，确乎常有些几百上千岁的人出没人间，但他们很可能通通是《儒林外史》中的洪憨仙那等人，从北宋活到明，不小心一场感冒病死了，害马二先生不住地问他女婿："你令岳是个活神仙，今年活了三百多岁，怎么忽然又死起来?"后来有了户籍制度和身份证，这些年便没再听说过有神仙。

这么说今天要说的是件乌龙的事，然而我并不是故意要拿乌龙来骗你们的。事情是这样的：我从书上看见了几个长生不老药的方子，想着有这样神奇作用的药方在人间失传了毕竟不好，所以决定把它们抄下来给你们看。倘若"长生不老"这事没有，自不必说了；万一有，那么药在这里——

第一种类型的药方：石头制剂。

"长生不老"这事也不是很容易做到的，因此时常要吃一些古怪的东西，比如"石髓"。比起别的石头，这"石髓"最大的好处是好吃，"味如粳米"。哪里有这东西呢？当你在深山中听到隆隆的山裂声，看见一座山从中间断成两半，有一股黑泥冒出来，不久便凝固成石头，你便可取来尝尝看，倘又热又好吃，那就是了。这种事据说五百年发生一次，所以要经常到山里碰碰看。万一吃到了，那可是不得了的事，你能"举天地齐毕"，跟宇宙活得一样长。

倘无石髓，另吃一样东西也是可以的，那便是云母。俺早年学过地质学，知道云母的主要成分是二氧化硅，跟水晶、硅胶是一样的，那么是否吞水晶、喝硅胶能代替云母？唉，我还是不要一知半解，随意改变仙人的配方了。总之，如果嚼得动，每天弄几片云母吃吃是不错的。铝硅酸岩且真的有可能具有神奇的作用，因有的仙人并不吃云母，而是随便弄几块白石头在锅里煮煮吃，据说味道有甜有酸，相当不坏。

吃石头对多数人来说做不到，而古人又很想长生不老，所以想了种种办法来吃，其中一种叫做"炼丹"。云母常配雄黄来吃。此外还有丹砂，其主要成分是水银，这东西吃下去不是被毒死，就是被毒得半死不活。早在东汉便有人指出，"服食求神仙，多为药所误"。死尸在前，聪明在后，我们还是少吃石头。

第二类型：草木方。

第一系列的草木方主要成分是松脂，有的人每天单吃松脂便成了仙，有人则需配合茯苓、松实一起吃。松脂这东西，其成分是树脂酸、萜烃，在工业上常被用作助燃剂，如今我们又知道，吃下去可以长生不老，虽然并不能肯定吃了以后不会死。

第二方是个惊喜，因为到现在为止，这是第一个确认不用冒生命危险去吃的药方，曰：石上菖蒲。它唯一的缺点是不好吃，当年汉武帝硬着头皮吃了两年，终于放弃了；他有个叫王兴的大臣则一直吃，结果到魏武帝时候还活着。

第三方很强大，因为看上去是一副完整的中药制剂（我抄自刘向《列仙传》，万一吃错了请找他负责，我是不管的）：

地黄、当归、羌活、独活、苦参散。

按方抓药，每日服用，连服三十六万五千天，就可活一千年了，这点，我倒是可以保证的。

鬼故事二则

　　我娘亲说，她十七岁知青返城，没工作，在糖厂包糖纸，打临时工。有天夜里加班，回来很晚，我姥姥去接她，回来路上，忽看见一户人家门口蹲着一个老汉，在抽烟，烟头一闪一闪的。——娘亲登时毛骨悚然，我姥姥用手蒙住她的眼睛，说："别往那看。"两个人互相拉扯着飞速跑回家。那个老汉已经死了好几天了，她们看见的是老汉的鬼魂。

　　那老汉大概是有精神病，把自己老婆杀死了。他的儿子早上一推门，发现地上一摊血，他妈的头在血泊里滚着，吓得发疯，随后发现他爹也上吊死了。后来据邻居说，老汉半夜杀完了老婆，便煮了一锅杂碎汤，一边等着汤滚，一边蹲在门口抽烟，情形跟我娘亲后来看到的一模一样。

　　我娘亲还说，她同事的丈夫是有名的律师，年入百万，却是英雄出自草莽，家在河南的一个山沟——说山沟还不确切，他家在一座大山的山腰上，最近的邻居是山下的那一家，在十里地外。一天，一个风水先生路过，渴了，进屋讨水喝。喝完以后说："你家门开得不好，门前对着流水，财气都流走了，不如把这门堵上，开另一边：开门就是青山，多好。"律师的爹一听有理，当天就把门堵了，开了另一边。那间屋是律师弟弟的卧室。当晚，律师的弟弟跑到他爹房间里，强烈要求住在这。"我屋里总有一个人在挥刀子，我害怕，睡不着。"律师的爹大怒，"这么大个人了，睡个觉还害怕，滚回你房里去！"第二天早上，律师的弟弟被发现在猪圈中上吊身亡。

鬼故事讲完了，按照志怪小说的文体套路，下面该发些议论了。

朝南书房主人曰（曰之前要先给自己取个别号，我没有的干活，据说用书斋名也可以，我家书斋也没有名字，就这样对付着吧）：以前的人似乎都亲眼看见过鬼，到我们这个年代，鬼界整体上衰落了，鬼丁稀少，只有到深山中偶然才能一见。据我多年"遍览鬼籍"的经验，河南律师的弟弟大约死于某个"求代"的鬼（自杀而死的鬼不能够进入轮回，必须要有人代替，他才能往生，这叫"求代"），但这个鬼不太标准。标准吊死鬼吸引人上吊时会准备一条绳子，让人往绳子里面看，看到很多吸引人的景象：金钱美女啊花花草草啊，总之你想什么就有什么，那人越看越入神，就情不自禁把脑袋伸到绳子里面去了。

至于那第一个鬼，我娘亲年轻时看到的那个老汉，传统鬼故事中可没有这样"场景重现"的类型，我怀疑她俩因为白天刚知道这个事，走到那门口害怕，看错了。

我这一生到现在只近距离接触过这两个鬼故事，所以赶紧把它们记录下来，好让自己跻身于"志怪小说家"之列。虽然它们都超级不标准，从另一个角度看，不标准意味着情节创新，这样以后再有人写鬼故事请参考本文。

——文章写完了，咱们不是外人，我负责任地悄悄地告诉你：知道为什么古代鬼故事特别多么？看古人自己的供述吧："予今年四十有四矣，未尝遇怪"（鬼故事集《夜谭随录》自序）；"己则弗信，谓人信乎？"（鬼故事集《耳食录》自序）；"西国无之，而中国必以为有"（鬼和狐仙故事集《淞隐漫录》自序）……他们一边不信，一边把故事编了出来，吓唬我们玩。为什么呢？因为"谈鬼"这事实在是太欢乐了。"正似东坡老无事，听人说鬼便欣然"……

张冏藏

最近，在如林似海的古代典籍中，我发现了一个意味深长的名字：张冏藏。这个人名出现在《太平广记》，而它最原始的出处，是《定命录》。深入研究了一番这个人的事迹之后，我确信：他是一个"穿越"主人公。

首先透露玄机的是他的名字。冏，是这几年才在网络上火起来的一个词汇，它在文言文中的意思是"光明"。一个人为什么要把"光明"藏起来呢？难道他是打野兽的原始人，要把火把藏到山洞里吗？这很难说得通。比较说得通的解释是：他要把自己是从后现代社会穿越到唐朝的这个惊人的秘密藏在自己的名字中，好让我们知道他的事迹，因此选择了"冏"。你懂的。

"冏藏"是他刚刚穿越到唐朝时给自己取的名字，尽管当时的人看不出有什么不妥，后来他还是换了一个名字，以至于《旧唐书》记载他的名字作"张憬藏"。从"张闳藏"到"张憬藏"，又有一个重大的秘密被暴露了：有人能从"张闳藏"三字中看出他的穿越者身份，这人是谁？他一定也是一名穿越者。当时穿越到唐朝的人的确不止张闳藏一个，据我所知，至少还有袁天纲和李峤。

话说一个穿越到唐朝的人将以何为生呢？大批穿越小说给出了不同的答案。《寻秦记》主人公项少龙在秦朝大背李白的诗，就使得他成为众师奶的偶像。然而对于穿越到盛唐的人来说，这招不灵，因为李白、杜甫和他们是同时代的人，他们纵会背李商隐的诗，在当时也吃不开，因为"盛唐气象"从来就被认为比晚唐高明。于是，他们中多数人选择了"算命先生"作为职业。

对穿越者来说，既然随身备有"时光机"，了解一个人的命运太简单了，只需坐上时光机看一看就是了。据《太平广记》记载，李义府问袁天纲他的寿命，袁天纲说："五十二外，非所知也。"可见袁是穿越了若干年，通过 GPS 找不到李某，又不能确信李某是不是死了，才这么说。袁很有心计，摸到武则天家中，知道着男装的那婴儿是武则天，故意说："必若是女，实不可蠡测，后当为天下之主矣。"后来武则天当了皇帝，自然要对他好。

但袁天纲一生中经历过一次危机，那就是遇见同是穿越而来的李峤。他跟李峤他妈说，李峤活不过三十。他妈不信。当日晚，"袁登床稳睡，李独不寝"，这是袁天纲穿越回去向组织提意见：既生纲，何生峤！赶紧让那家伙回去！"（李峤）至五更忽睡，袁适觉"，这是组织的召唤，好安抚一下李峤的情绪，让他好生在唐朝呆着。……我何以知道这是一次穿越，而不是普通的睡觉呢？因为据《太平广记》记载，"（袁天纲）视李峤无喘息，以手候之，鼻下气绝。初大惊怪，良久侦候，其出入息乃在耳中"。都"气绝"了，却没有死；还能用耳朵喘气，这不是"穿越"是什么？

三人当中，成就最大的是李峤，他后来当了宰相；其次是袁天纲，他种植的武后之花结了果，他成为一宫廷达人；最不济的是张囧藏，当了一辈子算命先生。话说李峤当宰相之后，武则天发现他的铺盖很破，说给大唐丢脸，就给他了一套好的。结果李峤睡在里面差点死了，跟武后说："有人给我算命，我命苦，不配盖这好的。"武后就准许他使旧铺盖了。谁给他算命了？袁天纲。铺盖是什么？时光机呗。——你懂的。

相面不求人

今天是一个很俗的题目：长成什么样子的人今后能很有钱。

之所以研究起这个很有学术深度的题目，是为了与时俱进，满足人民群众日益增长的物质文化需求（此处物质文化是一个词，切莫当成两个词看待）：眼下年轻的、女性的人民当嫁人时，普遍愿望是嫁有钱人，以致有钱人供不应求，许多不得不自我牺牲，同时给几名女性当丈夫，说起来真是惨绝人寰。鉴于有钱人多半饱受女性摧残、心情不好，许多智商高于140的杰出女性决定嫁潜力股——将来会很有钱的人。谁是这样的人呢？我们最好求诸中国古老的相人术（我国虽然长期落后，但在两个领域内，作为中国人是绝对用不到自卑的，这两个领域一个是文学，另一个是算命）——

一、有钱人的特点："面如田字"。

宋代大诗人吕本中在诗中说："面如田字非吾相，莫羡班超封列侯。"可见一个人要发达，其首要条件是要有一张田字脸，要是脸不呈现"田"字而是长成了由字、申字、甲字乃至囧字，那是无论如何发达不了的，再做发财梦都没有用。什么样的脸如"田"字呢？诗中举了一个人是班超，《后汉书》中说他"燕颔虎颈，此万里侯相也"，看来此相果然不可小觑。下巴像燕子，脖子像老虎，这样的怪兽也果然少极了，让我们努力把它想成一个人的形状，大概就是那种忽扇着双下巴，脖子不仅跟头一样粗，而且还长着金色的寒毛的人吧！姑娘们，假如相亲时见到这么一个人，而你幸运地没有被吓晕过去的话，勇敢地同他交往吧！

假如你不幸被吓晕过去了，等你醒过来，我打算告诉你一个秘密：吕本中这句诗用了两个典，而那个"面如田字"的人，其实他不是班超，而是六朝名将李安民，《南齐书》说他"面方如田，封侯状也"。看来，"面如田字"和"燕颔虎颈"虽然都会很发达，但它们并非同义词。让胆儿壮的跟"燕颔虎颈"去吧！咱们平实一点，专拣"面如田字"的。"田"，从字形上看，这样的脸须满足两个条件，一，额头同下巴宽度一致，并与脸长为同一值；二，脸中间一道横线，正中一道竖线。长成这样虽比不上一脖子粗黄毛，却也很不容易啊！别的不说，光长眼睛不长眉毛，或光长眉毛不长眼睛，还要长在脸的正中间，就不是一般人能做到的。——此时我突然听到一个声音高叫着，"刘天师！我长着一行眉毛，一行眼睛，一竖鼻子，一横嘴，嘴边还有一颗痦子，原来我是国字脸内！"——边去！国字脸！看不上你这种人！穷相！

二、有钱人的本质特点："骨俗神秀"。

首要特点之后似乎应当是次要特点，不过我觉得既然次要，就没什么强调的必要，因此略过不提了。之所以强调这个本质特点，是为那些既受不了黄毛，又不喜欢男人没有眉毛的女性考虑：你们也是有希望的！看相不能太拘泥于皮相，比皮相更重要的是骨相。

不瞒你说，"骨俗神秀"这四字相法，是从妓院里传出来的；古代的女人要相男人，还摸过他的骨头，恐怕也只有这种身份才可以吧？但这也印证了这方法的可靠，因为是一个精通相术的妓女摸了许多人之后的经验之谈。吴沃尧的《札记小说》中，一个名叫阿宝的妓女就靠这方法看准贵婿，并成功嫁给了他。据这位阿宝说，"骨俗主富，神秀主贵"。对于新时代的女性，择婿如挑菜，先下手摸一摸，也不算太高的要求，最难揣摩的是：啥样的骨头比较俗呢？

还有那个"神秀"，请问哪里能摸到？

刘天师讲到此处，沉吟片刻，突然站起来说："何处惹尘埃！"众人愣神间，她已逃往后台去了……

岁在壬辰

　　玛雅人从未说过 2012 世界要完蛋，为了把所有人吓一跳，好莱坞又一次充当了谣言制造机。有人对恋爱不感兴趣，有人讨厌战争片，世界末日这种事呢，却是跟所有人有关的。全世界聪明的人各有各的聪明，愚蠢的人却都差不多：不相信 NASA，相信好莱坞？

　　我童年时候听说 1999 年是世界末日，后来那一年过去了，再后来人们把这事忘了。其实呢，说 1999 年是末日跟说 2012 年是末日的逻辑是一致的，撕完那一页日历，前面两千年都过完了，真是大末日啊！——末日者，最后一天也。2012 年 12 月 21 日也是玛雅日历中一大段日子的最后一天，他们说了这天是"末日"，没说这天以后都不过了。

　　玛雅人真是聪明啊！在于他们有长长的历法，一直算到了他们的文明结束之后的若干千年。中国的历法呢，以六十年为期，我们的道教一直都是有世界末日之说的——葛氏道说是甲申年，《太上洞渊神咒经》说"甲申灾起，大乱天下"。但是甲申年很快就到了，没有乱。不久又是一个甲申年，依旧没有乱。人们就不太相信了。天师道认为世界末日是庚子年，《女青鬼律》说，"庚子之年其运至，千无一人可得脱"，然而世界还在一个庚子一个庚子地继续着。

倘若我们的世界末日不要到来得那么频繁，跟生理周期似的，估计在少数愚昧的民众心中会激起大点的涟漪，造成抢蜡烛之类的恐慌吧。然而我们的末日说也有它的好处，从古至今的那么多个甲申、庚子，总会碰上在这一年发生点什么事的时候。郭沫若的《甲申三百年祭》提醒着我们李自成攻破北京是在甲申年，对于在那年的兵燹中丧生的人来说，"大乱天下"一点不错。庚子呢，又有著名的"庚子拳变"，"大师兄"义和团战八国联军。从东晋开始讲庚子，到晚清才算应验一回，闹了点在近代史上还算不得很大的事。

在2012年谣言甚嚣尘上的时候，我想起道教上清派的"壬辰之运"。——2012是壬辰年哦！也就是上清派主张的末日年份。——这句一出，可能又有四百多个人被吓得颤抖了，我只想轻轻地告诉你们：蜡烛，是没用的。想上船么？听我的……

上清派女仙紫元夫人说，"天下有五难。"其中一难，是"生值壬辰后圣世难"。她是什么意思呢？她说，壬辰年大部分人都死光光了，只有一点点人能活下来。这一点点人，叫做"种民"（就像亚当和夏娃一样）。"种民"是怎样活下来的呢？他们是靠金阙后圣帝君的出世而得救的。《杀鬼品》曰，"中国壬辰年，有真君出世"。壬辰年虽然是世界末日，可不怕不怕——

好吧，下面是道经《真诰》指导下的做"种民"的方法：请于阴历三月十八或十二月二日这天（事先斋戒拒绝喝酒吃肉），跑到南京句容县境内的茅山，爬到山顶跪下来求神仙保佑；如果够心诚，你能看到一白胡子老头（或者中年汉子，或者十来岁小孩，有仨神仙管这事呢，碰上哪个算哪个），赶紧求他指点迷津，他会指示给你一个山洞，钻进去，金阙后圣帝君就在里面……

毛女

刘向《列仙传》中的"毛女"，住在华阴山中，遍体生毛，常为猎人看见。她是秦始皇宫人，名叫玉姜，秦亡之后，流亡入山避难，以松叶为食。

这松叶可不是浑吃的，有一些神奇的植（动、矿）物，吃了以后是可以成仙的，松叶就是其中之一。而且怎么吃，也有讲究，我们是不会吃的，正如一些仙人在山里吃白石像吃云片糕一样，又甜又软，我们去吃可要小心崩牙。毛女玉姜是在仙人谷春指点下吃起松叶来的。这松叶吃得好了可以行走如飞，不饥不寒，长生不死，其副作用就是遍体生毛。据说吃松实亦可有同样的效果，干宝《搜神记》中的槐山药父偓佺就是因为吃松实长出了七寸长毛，跑着可以抓住马。

清代陈鼎的小说《毛女传》中的毛女不是秦女玉姜，而是河南嵩县诸生任士宏的老婆，姓平，有德有貌，因为求子同丈夫一起上山进香，惊堕于绝岭。三年后，樵夫看见她时，她已经遍体生了六七寸的黄毛，所幸还会说话，还认得樵夫是他们以前的邻居。她是吃多了山里的女贞子变成这个样子的。她的丈夫到山中把她接回来，让她吃家里的饭之后，先是肚子有点痛，后来好了，再后来毛都脱尽了，她又变回了先前的美女。

吃了家里的饮食就不能继续做仙人了，所以有人很为她可惜，为了这一点情丝难舍，明明有一条升仙的路可以走，竟放弃了回来生老病死。不过女人的选择往往如是，女诗人不是说么，与其在悬崖上展览千年，不如在爱人肩头痛哭一晚。人间烟火是那么容易割舍的么？要割舍除非不是人。吃松树上的东西、身上长着毛、跑得很快且能在空中荡来荡去——这听着很像是猴子。毛女即这样一种混合体，她既是女人，又具备猴子的习性和外形。但毛女到底是女人不是猴子，她若是猴子，那便会做出完全相反的选择，如唐代孙恪的猴子老婆跃树而去，还留下一首诗说："刚被恩情役此心，无端变化几湮沉，不如逐伴山林去，长啸一声烟雾深。"

至于毛女的毛色，多数记载中失提。陈鼎的《毛女传》说她是黄毛，而唐传奇《补江总白猿传》与宋话本《陈巡检梅岭失妻记》都讲述了白猿与人的故事。改编毛女—人猿故事的历来不乏其人，因而进入民间文学，至本世纪红色经典《白毛女》，据说其原型是 1930 年末流传于晋察冀边区一带的"白毛仙姑"，那么《白毛女》是对"毛女"这一经典文学形象的最具特色的改编。

毛女平氏与她的丈夫重逢后，说："妾貌已寝，君不足念也。"（我太丑了，忘了我吧！）她丈夫说："我不嫌汝。"《白毛女》中，《相认》一幕，"看眼前是何人，又面熟来又面生，是谁？是谁？他好像是亲人"。抛开"成仙得道"、"阶级仇恨"这些"主题"不谈，毛女返回人间的一幕感人至深。唯有爱令她们从毛女变回人，她们不想做毛女，无论那是鬼还是仙。

雷劈什么人

今夏北京雷雨甚多。一天我去坐地铁 10 号线，站台上挤满了人，而车迟迟不来，不得已出站改乘 TAXI。晚上到家，微博有人议论，说 10 号线被雷劈了。"它又没有装 B，雷为什么劈它呢？"

这几年，北京报章每年都有雷击死人的新闻。一个人是由于在树下打手机，另一个人更冤枉，开着窗户在家打电话被雷击中了。还曾有一队人去爬野长城，惨遭雷祸，一人不幸殒命，另几人也负了伤。跟北京近三千万人口相比，每年有个把人死于雷击纯属小概率事件，只是这死法不同寻常，因此每次都被报道（与此同时，不知有多少人默默无闻地死于车祸或者艾滋病），专家会同时在新闻下加注，告诉人们避免被雷劈的方法。

然而在我印象中，很久以前，雷劈死人是经常发生的事情；

非但如此，当雷决定劈人时，往往如法院判定执行枪决的那天，把一干人犯同时拉到旷野，通通死啦死啦。——我的"印象"自然不是来自回忆，而是旧小说。有关"雷击"的故事，古代小说里太多啦，多到数不过来，甚至可以专门编一本集子，书名就叫《雷公物语》，或者《雷劈琐话》。害怕被雷劈到的人应当买来好好地读。

略举几例。《型世言》有《八两银杀二命，一声雷诛七凶》。乡民阮胜和妻子劳氏都是勤快的老实人，苦挣苦做，却越过越穷，母病在床，不得已劳氏另去嫁人，换八两银子救丈夫和婆婆的命。有七个凶徒见财起意，夺了银子，还杀害了母子。他们的下场，便是一一被雷劈了。"有死在田中的，有死在路上的，跪的，伏的，有的焦头黑脸，有的遍体乌黑。"那雷必是七连响，短时间内快速出击又不能伤错人，这个很考验雷公的枪法。而雷公似乎是从未错过。

《里乘》里有不少雷击故事。其中一则与上则很像，都是由于盗走了"节妇"卖身养夫的钱，所不同的是：这回同案犯有十三个，他们盗走的五十千文钱也被分成十三份，当被劈死时，每人脸上都摆着三千八百四十六文钱。又有一则，好心人捡到弃婴，有车夫自告奋勇抚养，得了那人一枚元宝和一领羊裘，他却没有抚养，而是把孩子扔到水里溺死。其时是冬天，打雷不妥

（其实若雷公急了，冬天也可能打雷。《雷击邵伯民》一篇就是冬雷阵阵，这叫做"破格"，跟考研究生英语分数不够被破格录取一样，要在其他方面表现特别突出才行。看来该车夫在雷神眼中是个很一般的小坏蛋），到第二年三月，雷才把他劈死了。

从今天的观点看，有些人虽令人人切齿，可实在罪不及死，譬如偷钱的十三个人。该判几年就判几年，该判打一顿的就打一顿，全判死刑也太重了。可雷公不管这些，谁不好就灭谁。这也许渗透了古代社会一般民众的刑法观。周作人译的《契诃夫与妹书》，一八九零年有个叫宋路理的中国人屡次告诉契诃夫："在契丹（中国）为了一点小事就要头落地。"

雷有时对人劈而不死，只是起一点惩戒的作用。《里乘》中有个老婆子撕圣贤书作手纸用，导致被雷公纠缠了半天。你我虽是守法良民，像这种程度的小坏事儿难免也干了不少，所以刚刚有些放心，看到此处又提心吊胆起来，难怪整个夏天低雷都在窗外轰隆轰隆。况且并不清楚如今的雷曹是什么人在任，执行的是哪一部《雷劈法》。《聊斋》中所叙的大食量骨感君恐怕早已下课了吧？所以说凡事要小心，不可偷钱，亦不可装 B，更不可树下打手机，切记切记。

文人破事

好学生的淘气

近来网络上在传一张小学生填的表格，姓名："父母取的"；性别："天生的"；年龄："不大"；身高："不高"；体重："不肥"……最好笑的是个人经历："刚才去了趟厕所"，并在后面画上了一坨冒着热气的大便。看到的人都会评论一句：这孩子，真够淘气的！

唉，容我说一句：我们淘气的水准可真是江河日下了啊！

不少人下意识地把淘气的程度与学习成绩挂钩，认为两者之间必定成反比例，然而有经验的老教师知道，倘若是那个成绩最好的学生恰好是淘气的，那才是头痛得很呢！劣等生的淘气，无外乎打架、逃学、泡妞，闹得出圈儿了开除了事；好学生的淘气则花样百出，把你逼得呼天抢地的，你还舍不得怎么他。

明末有个叫金采的童生，在府学中逢岁考，要以《孟子》中

的"如此则动心否乎"为题做一篇八股文。他是这么写的："空
山穷谷之中，黄金万两；露白葭苍而外，有美一人。试问夫子动
心否乎？曰：动动动动动动……"写了一连三十九个"动"。老
师看了大惊，问他这到底是神马意思，他说，俺的意思是："四
十不惑"啊！

八股文的做法，是要以圣人的语气阐述圣人的主张，题目是
从《四书》中来的，论据和推论也都要是《五经》中的内容。金
采以《论语》中的"四十不惑"来诠释孟子，还真是没什么错，
不过他很有创造力地利用了孔子的语言漏洞，夫子说他"四十不
惑"，没说以前怎么着，所以有可能三十九以前都惑；又巧妙地
偷换了概念，把"迷惑"之"惑"变成了"诱惑"之"惑"，以
至于孔子变成了一个在金钱和美色面前不能自持的人……

这孩子的淘气，比那张00后的表格如何？

老师被气得晕而复苏好几次，没有什么办法，只好将他开
除。第二年，他换了个名字叫金人瑞，又来了。这回好好地做了
一篇文章，便在岁考中得了个第一。不过还是不改淘气的禀性，
一篇题目为"孟子将朝王"的文章，他只写了四个字，是在纸角
上分别写了四个"吁"。他说，这是因为关于"孟子"的文章做
了不少，关于"朝王"的也有不少，所以都不用做了，只做一个
"将"字。"将"怎么做呢？便如戏台上一样，放四个小兵在舞台

四角喊一声"吁"就好了。

　　这个人在学校里就这么反反复复地折腾，被开除了好几次，每次都得改名字重新入学。他最后一个名字便是"人瑞"了，此外他还有个名字叫金圣叹，把《离骚》、《庄子》、《史记》、《杜诗》、《水浒》、《西厢记》这些互相之间八竿子打不着的书全都放在一处评点了一通，造成了读书史上最奇特的一个序列，他于是也成为中国文学批评史上的一个高峰。然而他的评点有个为人诟病的毛病，便是八股的习气太重，动不动以非常讲究法度的八股文章做法来议论作诗、做小说，甚至说"小说做法与制艺（八股文）同"。据精通此道的人鉴别：金圣叹的八股文做得太好了。八股文是干什么用的呢？是拿来应举、中进士、求官用的。金圣叹的八股文写得如此地好，而他却懒得用它去换一个官做，却只是用它游戏，这是为什么呢？唉，这大概是因为：这个同学实在太淘气了！

失败的京漂

天宝五年，杜甫作了一首《赠李白》：二年客东都，所历厌机巧。野人对腥膻，蔬食常不饱。岂无青精饭，使我颜色好。苦乏大药资，山林迹如扫。李侯金闺彦，脱身事幽讨。亦有梁宋游，方期拾瑶草。

李白与杜甫于天宝三年春夏之交相逢于洛阳时，白刚由长安被赐金放回，在此诗中，杜甫把李白的"还山"称为"脱身"，似有羡慕之意，然而写这首诗的次年，杜甫第二次去长安参加科举考试，落第而归。宜乎金圣叹评论说，两年中"被东都教坏了也"——所历厌机巧，意味着终日陷入机巧之中犹嫌不足。

对于京城长安，李白和杜甫是一对卢瑟（Loser）。他们一个做过冷衙门里的闲差（翰林），"脱身"时发了些"青蝇易相点，白雪难同调"之类的牢骚；一个当过左拾遗之类的小官（一代诗圣被称为"杜拾遗",以至于被民间讹传成"杜十姨",香火不断专司送子,其实"拾遗"不过是七八品的小官而已),却终老在他最不喜欢的四川。

京城里每天上演着形形色色的发迹故事,却也从来不缺少卢瑟们的身影。一代代的钱婆留、魏忠贤站起来了,一批批的李太白、杜工部倒下去了。据说李白上演了著名的让高力士脱靴那一幕之后,唐玄宗对他的评价是"此人固穷相",文艺青年在京城是2B的别称。

翻《随园诗话》到卷七:唐人咏小女诗云:……"发覆长眉侧,花簪小髻旁"是画小女之貌。……"爱拈爷笔墨,闲学母裁缝"是写小女之憨。不禁一愣,这两句不是什么唐人的诗句,它出自清洪昇的《稗畦集》,诗题为《遥哭亡女四首》。"发覆长眉侧"前面几句是"三载饥寒苦,孩提累汝尝。甑尘疑禁火,衣敝怯经霜",可怜啊!画出一个留守儿童的形象:没什么东西吃,衣服也破了。杜甫"入门闻号咷,幼子饥已卒",好歹跟儿子见了最后一面;而这位洪卢瑟只能遥哭亡女,一边哭一边仍在京城滞留不归。

袁枚的记性实在太差,接下来他又举离别诗中感人的例子,"宋人云,'西窗分手四年余,千里殷勤慰所居。若比九原泉路别,只多含泪一封书'。"这仍然是洪稗村的诗句(略有几字差

226

异），诗题为《内人书至》。这是给家中留守妇女的书信，说四年多没见一面，除了这封含泪的信能证明你的存在，咱俩跟死别也差不多啦。洪稗村这么辛苦地在京城混，他也的确获得了短暂的成功，像李白为天子接见，杜甫做了皇帝近臣一样，他的戏剧《长生殿》一炮而红。然而乐极生悲，因在国丧期间演戏，五十三个人因看《长生殿》被革职。洪卢瑟不仅自己成了卢瑟，还连累了赵执信、查慎行等一票文艺京漂共同卢瑟。

昔人云，"未老莫还乡，还乡须断肠"，便是说给这些文艺京漂听的。为了追求文艺来到京城的人啊，只要有一线希望就还在京城趴着吧，直到砸锅为止。砸锅之后，踏上这漫漫还乡路是多么伤心呐。

他不是普通青年

阮籍曾经曰，"礼岂为我辈设也!"有这样的长辈带头，姓阮的一系列儿子、侄子，都成长为奇怪的青年。

七月七日，人们拿出家里的衣服晾晒，以利用室外的紫外线杀菌。阮籍的侄子阮咸一看，对门晒出来不少五颜六色的时装，他坐不住了，用竹竿高高地挑出来一条内裤，人家问他：这是啥？他说，今天是晾晒节，你不能不让我过节啊。

阮籍好酒，听说军中贮酒数百斛，就去做步兵校尉。他的儿子侄子们跟他学，喝酒不用杯子的，大杯也不用，直接围着一个瓮，正要喝，来了一群猪——猪看见瓮，认为那是它们吃饭的装置，二话不说，上来便喝。诸阮没办法，只好跟猪一起喝。

2B青年欢乐多。

看履历，萧颖士很像是普通青年，那一年殿试，他考了第一。他是中唐古文运动的先驱，也很喜欢奖掖后进，他死了以后很多青年都在哭，因为他是他们心目中的"文元先生"。然而一生"普通"遮盖不住年轻时2B过的痕迹，《唐摭言》记载他避雨时碰见一紫衣老父，不知触动了他哪根2B神经，没来由对人一阵凌侮。雨停了，来了一奥迪A8车队，把老父接走了——原来那是吏部尚书（组织部部长）。所以他一生没有好官做。此事是否属实不知道，然而《新唐书》中的一句话："有奴事颖士十年，笞楚严惨，或劝其去，答曰：'非不能，爱其才耳。'"被后来的《醒世恒言》演绎成一则带有SM色彩的虐奴故事，萧颖士的2B形象从此流芳千古。

阮籍年轻时候是颠倒众生的大帅哥，何以见得？他的《咏怀》诗中说，"朝为媚少年，夕暮成丑老"，又说，"平生少年时，轻薄好弦歌"，可见他是帅而且很会唱歌的青年。阮咸很像他，在音乐方面有过之而无不及。阮籍的儿子阮浑也不错，可他不让儿子跟他堂哥学，大概老愤青也觉得一家人2B太过，该往回收了。至于萧颖士，他中年以后是"萧夫子"，"更惬野人意，农谈朝竟昏"，跟农民也很有话说，不会再做欺负老爷爷的事情。他们虽2B却不是SB，在于他们能改，况且当他们2B时，自有2B的道理，或为时势驱使，或为追求一种比神经病还神经病的风度，倘若不是足够NB，他们不会如此2B。

倘没有他们的 NB，却一定要去效仿他们的 2B，那就沦为彻底的 SB 了，令人无话可说。但世上偏有这种人，比如清代的"四氏子"——这不是名字，而是外号，是说这人兼具浑敦、梼杌、穷奇、饕餮四种恶兽的德性，总之是个大毒物，跟欧阳锋差不多——最好读《世说》、《水浒》。有人敲他家门，四氏子说："谁敢敲爷门？"那人说："我。"四氏子说："谁是我？我是谁？"（怎么这毒物也具备与欧阳锋一样的哲学思想……）说着蹿出来，拿着棍子打敲门的人。走在街上，见有人低着头走路，破口大骂："你敢躲着我！"然后扑上去打。见有人昂着头走路，仍破口大骂："你敢看不起我！"然后扑上去打。……后来，他死了。这个故事告诉我们：那些名垂千古的奇怪的青年，他们本来就是不普通的青年，至于我们，还是要做普通青年该做的事。

吾友汪三侬

　　凡作家传记，基本上被写成苦大仇深史。说司马迁以腐刑为核心，谈蒲松龄以科举为支点，就连那些实际上日子很过得去的作家，也一定要找出他一生中不得意的几件事，明明做了翰林，非要说他没有入阁拜相所以内心极端痛苦只好寄情于笔墨。诗必穷而后工，久之成为定势，就连作家自己，一旦进入角色便悲情发作起来。用吾友汪三侬（汪价，字介人，号三侬赘人）的话说，"屈原之《九叹》，梁鸿之《九噫》，卢照邻之'四愁六恨'，贾谊之'长太息'，扬雄之'畔牢愁'，殷深源之'咄咄怪事'……"噫！进入角色的作家还真多啊，吾友认为，"皆其方寸逼仄，动与世忤"，否定了他们所有人。

　　吾友是个什么样的人，度过了怎样的一生呢？吾友说，"余一生遭罹，大抵平乐"，看来是个幸运儿，没什么悲情的资本。

"间有奇厄，冥冥之中，默为提救"，也曾经历过几件小小的不愉快。包括：在彭泽湖中覆舟，险些全家覆没；遭遇大火，把家烧成平地，连房子带钱都没了，还有几万册祖上的藏书烧完了；明清鼎革，兵燹中被逐，驱驰异乡，碰见群盗截劫，盗魁觉得他一介书生，带的行李可怜兮兮的，"不足供东道"，把他放了。

一把火把家烧空，这是在《红楼梦》中催生了《好了歌》的，有人因为太伤心，唱着"好便是了，了便是好"——烧光了是吧？烧得好，反正我本来也不想要。这人被烧魔道了——出家当和尚去了。汤显祖跟吾友的命运是一样的，也在二十来岁时遇见过这么一场火，他的传记中这一页占了悲情的一章啊！

所以说吾友是个非常想得开的人，不仅自己想得开，还打算教导一下那些想不开的古人。可惜他们不在了，不然，他可以"为作旷荡无涯之语以广之"。

科举方面的遭遇，吾友跟蒲松龄也差不太多，早就被目作神童，算命的恭维说三十多岁就能做到公卿将相的，可是并没有，他也没有考中过半毛钱的举人进士。有一年的考官正巧是他的粉丝，给他传递密信，说这场包在我身上，你一定要中的啦。吾友大惊道：那怎么行？考试也可以作弊吗？那人气得取消了对他的关注。他古文写得好，有人要推荐他博学宏词科，被他拒；还有人欣赏他的诗，要把他推荐给皇帝，也被他拒……科场舞弊，唐伯虎过不了这关；博学宏词拿下了袁枚等一票山人才子；至于到皇帝身边写诗，连李白都难免"蠼屈鼠拱感涕以受"，吾友亦不为所动。吾友清楚自己的命运，而没有他这般清醒头脑的才子李白、才子唐伯虎只是收获了一场扫兴。

吾友身怀铁臂功，骑马射箭都是一流，还懂音乐，是全面发展的典型；古人十个里面有九个都相信鬼，吾友就是那不信的一个，并研究发现所谓鬼哭是破树叶被风吹发出的声音；古人怅恨知音难求，"天下有一人知己，可以不恨"，吾友却有十个知己，其中有御史，也有妓女，有读书人还有杀手，可谓众生平等，一视同仁。可惜吾友没有把我列入他的知己名单中，我却在这里不吝好词赞美他。赞曰：全面发展，文体兼备。思想健康，感情充沛。仗义为人，文章对味。情商很高，活得不累。我欲友之，没有机会。

要等多久才有知音

　　李商隐生前十分寂寞，他同时代的诗人酬赠以及哭吊他的诗一共只有八首，分别来自喻凫、薛逢、李郢、温庭筠和崔珏。他为杜牧写下"刻意伤春复伤别"的七绝名作，后者的诗集中却看不见任何认识他的痕迹。有的时候他因骈文而为人所知，熟悉他骈文的人甚至并不知道他写诗。

　　李商隐的骈文有可能是有唐一代写得最好的，师承自骈文的一代圣手令狐楚而迈之。关于骈文与诗歌的关系，林庚认为"把骈文心得用之于诗，唐人律诗渊源此"，以及，"律诗的成熟，骈文便变得不重要"，这大概可以说明李商隐何以在杜甫之后开辟出诗歌的另一番天地。真正了解他的人说他"咽嚌于任、范、徐、庾之间"，文字血脉与齐梁相接，然而他在获得这样的知音之前，一代代读者给予他的是误读和遮蔽的茫茫黑夜。

他殁后百年内，北宋初年，便拥有了一批极忠诚的粉丝。出于对李商隐诗歌的笃爱和摹仿，他们常在一起唱和，并结成一本《西昆酬唱集》。也正是由于他们，李商隐的大部分诗歌才得以保存传世——杨亿一生孜孜寻访五百八十二首李商隐的诗，而商隐保存至今的诗歌总数是五百九十三首。

"西昆体"诗人极端地发展着李商隐"雕章丽句"的一面，尽管他们中有人已意识到商隐事实上不止于此，但对于这些馆阁学士来说，一旦落于笔头，"清峭感怆"便丢失散尽，仅余"华美绮艳"。这样的文风引起了上层的警惕。天圣至庆历年间，仁宗三次下诏，严厉批评西昆派的浮靡，从此商隐在朴实平易的宋代文坛再无立足之地。唯一为他说过一句公道话的是王安石，他盛赞"唐人知学老杜而得其藩篱者，唯义山一人而已"。王安石是出了名的拗相公，公开宣称"人言不足畏"，当时新旧《唐书》都挑剔商隐的人品，讥其背恩无行，文人多将商隐"西昆化"，谓其"用事僻涩"、"文章一厄"，能别具手眼，透过浮议看到商隐高情远义的，也只有这个人能做到。

钱谦益本来对义山诗评价并不高，他像那些不开眼的先辈一样，给义山下了"纵横诡诡"的四字评语。然而入清之后，他的态度发生了天翻地覆的变化。朝代更迭、战祸频仍的年岁容易令人的心灵贴近杜甫，从而意识到商隐诗"深情绵邈"的一面，透过艳诗别调的清辞丽句，体会"义山风骨千不得一"。他从此赞美他"忠愤蟠郁，鼓吹少陵"，倾倒于商隐"春蚕到死，蜡炬成灰"的"深情罕俦"。在他的倡议和指导下，顺治时期的短短十八年成为中国批评史上敞开胸襟接纳这位大诗人的关键时期，先后出现了道源、吴乔、钱龙惕、朱鹤龄的几部重要著作。

然而从来就不乏为商隐诗而感动的人，无论是西昆体、香奁体，还是江西诗派，都从义山"沉博绝丽"中挑选了一个侧面作为他们奉行之师。他只是一直被认为"不高级"，甚至被归入某种"不光彩"的文学传统，以致"八百年来，有如长夜"。浮议所及，甚至影响到《红楼梦》。《红楼梦》中，黛玉说"最不喜欢李商隐"。贾宝玉被脂砚斋认为是"香奁正体"的诗人，而黛玉的诗格实在高于宝玉，因为构成黛玉诗魂的两个关键人物是王维和杜甫，或者再加上一些李白的影响。史湘云论诗"李义山之隐僻"，指义山旨意隐晦，用事生僻，是明初《唐诗品汇》以来最具代表性的否定性看法；后来，赞成李义山的人将之修正为"深僻"。

至于我，童年时曾认为李商隐是古代最好的诗人，后来这个看法曾发生几次改变。去年，有一位秦姓诗人把他新写好的文章《锦瑟无端》给我看，他说解开了《锦瑟》千古诗迷。当年晓珠明而不定，而李商隐从"蓝山宝肆不可入，玉中仍是青琅轩"的卢弘止幕府回到长安家中，他的妻子王氏这块暖玉已经生烟。在垂老之时追忆华年，"党局嫌猜，一生坎壈"，晓梦易醒，杜鹃悲啼，读到此处，为之泪下数行。

为高官驱驰的文人

胡宗宪是明朝嘉靖年间的封疆大吏，领导了东南沿海一带抗倭斗争，战绩辉煌。戚继光、俞大猷等都是他麾下的名将。不仅如此，他还拥有一个强大的文人幕府。

浙江民间家喻户晓的"山阴徐文长"、开创大写意画派的艺术家徐渭一生的升沉起伏跟胡宗宪有着密不可分的关系。他是一个内心孤傲的奇才，参加了许多次科举考试都不能成功，年届四十尚一领青衿，家贫如洗，爱妻早逝，内心的痛苦可想而知。胡宗宪对他有知遇之恩。在胡宗宪幕府中，他得到了巨大的赏识和丰厚的待遇。胡宗宪为他买房娶妻，而他代胡宗宪写的青词每每打动皇帝，胡宗宪平步青云，功劳簿上也有他的一笔。

这故事有一个悲伤的结局：胡宗宪死于狱中后，徐渭精神失常失手杀掉胡为他续娶的张氏，入狱七年，出狱后一无所有，仍需住到租来的房子里，这梦中的繁华是一场空。

"当时笑我微贱者，却来请谒为交欢。"这露骨的宣言只有李白那种天真自负的诗人说得出。他们与八面玲珑或老练世故毫不沾边，难逃一生穷命，只有某个人的赏识能令他们脱胎换骨。从唐到明，这是文人一致的处境。然而徐渭不似李白无耻得这样单纯，卑贱得这样豪迈，他对胡宗宪的感激中，深植着无法克制的羞耻和怀疑。

胡幕中的另一位诗人沈明臣出身豪富，不巧他爹把家业败得精光，晚年常到江上钓鱼，之后喝得烂醉，好有勇气回家面对饥肠辘辘的老婆孩子。他爹希望他好好读书，中进士重振家风，沈明臣却只喜欢写诗。同样受了胡宗宪的恩惠，当胡宗宪因为依附严嵩而下狱瘐死后，徐渭因恐惧而发狂，沈明臣却四处奔走，为胡宗宪喊冤。

王寅是被兵部尚书汪道昆介绍到胡宗宪那里的。他本人跟这些高官始终保持着良好的关系，同他们踏青郊游、饮酒赋诗。他曾经到开封干谒文坛领袖李梦阳，李恰好不在，让他等了一个月。这一个月中，他天天去少林寺，认识了少林武僧第一的扁囤，学成了武艺——所以说王寅这人应当到武侠小说中当一个主角。胡宗宪幕府散伙后，他又到富商项氏家中住着，恰逢盗贼入侵，他的武功派上了用场。——与高官、富商的交接之路遍布危险和陷阱，有时文人也需发挥武人的作用。

此外还有编选了《唐宋八大家文钞》的茅坤。他早年中过进士，当过知县，而当入胡幕时，他已年登大耋，退出政坛做了四五十年的山人了。昆曲的创始人之一梁辰鱼，也曾动过入胡幕的念头，可惜胡宗宪没看上他，令他欲为之驱驰而不可得。更值得一提的是身世比徐渭更加传奇的何心隐，他在胡幕中呆了几天，便唱着"长铗归来食无鱼"离开了。

这些文学史上如雷贯耳的名字，度过的也无非是卑贱的一生。在高官的幕府中，他们像皮袄上面的虱子，彼此隔开一段距离，寂寞地趴了很久，最终与皮袄一同付之一炬；或如树上的猢狲，大树一倒便张皇失措地离开……这虱子和这猢狲，跟皮袄和大树到底还是两回事。世界说到底不是文人们的。他们无法主张世界的秩序，不得不在秩序的狂风下摇摆不已。

诗人、爱情与革命

　　我有那么一点怀疑电视剧《潜伏》男主人公余则成的原型是诗人阿垅。阿垅被捕前的职务是天津文联创作组组长，直到病逝他都在天津。不过事实可能不是这样。龙一的小说很简单，跟阿垅看不出什么关系；编剧姜伟也从来没有提起过阿垅，他是山东人。阿垅的一生比余则成复杂得多，拍成电视剧的话，简约些讲故事也至少比《潜伏》长一倍，而且会有人说："有那么离奇的人生吗？我不信。"

　　我少年时很喜欢阿垅的诗。阿垅的诗，选本必收的是《白色花》，而且总是被语焉不详地介绍道：这是诗人悼念他的亡妻所作，他的妻子为了他们的爱而自杀。"哦，我底人啊，我记得极清楚，/在白鱼烛光里为你读过《雅歌》。"优美浪漫得不太像那个年代革命者的爱情。

241

《阿垅诗文集》是 2006 年出版的，前几天去即将拆迁的采薇阁书店淘书，很惊喜地花三折的价格买到了。这是一个选本，远非阿垅著作的全集，但已经足够令我了解到以前想要了解的。

　　终于看见阿垅的照片：极端的清秀，似笑非笑，眼神有点发痴。他是杭州人，念过私塾和高小，在鞋店做过学徒工。有人说他自学成才，这是不对的。他念过大学，在上海的中国公学大学部学的是经济科。更辉煌的学历是黄埔步兵十期，从此开始了作为国民党军官的生涯。此外，他还是抗日军政大学和延安抗大的学生。

　　所以这一位"七月派"的代表诗人、"胡风集团"被判刑的三个人（包括胡风本人）之一的文人，其实是个名副其实的武官，从排长干到上校，在抗日战场上带过兵，负过伤。战后他在军官学校担任"战术教官"一类似文实武、真刀真枪的职务。他的诗歌、小说等文学创作伴随整个戎马生涯，只是那是业余的。——我们看见《潜伏》里余则成总是在逛书店，他的上司说"他是个文人"，但始终没有发现狡猾世故的老余有什么文人气质，这评价给阿垅还差不多。

　　他在黄埔因陈道生接近了共产党，后来入延安抗大，又因负伤滞留国统区，不得已而"潜伏"下来。阿垅的情报是通过胡风传递的，其中重要的有导致国民党七十四师全军覆没的孟良崮战役的国军作战计划（"左轴回旋"计划），以及建国前夕的台湾要塞装备的军事材料。当时地下工作的领导人廖梦醒、张执一对他很了解，周恩来也深知道他"是我们的人"，他们为他说了话，但没有挽回他于 1955 年被捕的命运。1967 年他病逝于监狱，1980 年平反。他到死都没有见到唯一的亲人——他和深爱的张瑞所生的儿子一面。

让我们把目光从纠结的历史中移开，专注于他那同样苦涩的爱情吧。在《潜伏》中，老余和翠平之间的相濡以沫是恐怖世界中唯一的甜蜜，而现实却与此相反。为了他们之间的爱而死的女性，她有着什么样的过去，面临着怎样难以解决的难题？从阿垅的长诗《悼亡》中，我终于拼凑出了部分事实：结婚时，他三十七岁，她二十四岁，之前仅热恋两个月。阿垅说，"爱情，一开始就带有人生战斗底不顾一切的残酷性格"，反映了这场爱情的强度。张瑞的特别之处在于她是个跛女，从小在歧视中长大。她喜爱的作家是陀思妥耶夫斯基，死时的遗书称自己是"被侮辱与被损害的"。在张瑞生育孩子的一年间，阿垅为着革命工作，并不在她身边。这期间有一个类似"伪君子"，同样有"诗人"身份的男人出现，而张瑞"是清白的"，"可以赤裸着这身体去见上帝"……

他的诗中提到一幕场景，张瑞告诉他，如果孩子生下来，脚是有病的，那么她宁可亲手把这孩子杀死，可见张瑞是一个感情多么强烈而极端、性格异乎寻常的女人。这样的女人是天生的小说人物，而且通常只有俄罗斯小说中会出现这样感情强烈的灵魂。阿垅的一生只爱过这一个人，他在诗中说，他有精神上的洁癖。否则，作为颇有地位的国民党军官，不会三十七岁才陷入爱河，娶妻生子。他后来的一生以诗歌追忆张瑞，他的最后一个笔名叫做"张怀瑞"，他生命的最后十三年是在监狱里，那么凄苦的生活更宜于强烈的思念，只是，我们不能够读到他在这一阶段写的诗。

尽管跟阿垅同一时代的诗人极少有人写得像阿垅那样的好，但阿垅的诗整体上完成度不足，他本来可以写得更好。他写了不少旧体诗词，这些诗词在文学上成就有限，打动人的是感情，如：

结发也曾心动，啮齿也曾心痛。相爱不多年，留与白云青冢。

又如：

梦君君不知，夜夜多明月。梦我我如何？日日生华发。

有点像丰子恺翻译的日本诗歌，具备旧体诗词的部分形式而不讲究对仗声律。写作旧体诗词是人生的安慰，所以胡风曾经劝他少写一些，"那会使人沉下去的"。

阿垅是个在每一行诗中都倾注着深沉的感情的人。不管是革命诗，还是爱情诗，他的一生归根到底还是政治的一生，革命的一生，在历史中辗转沉浮的一生，而不是文学的一生。他只是"馀事做诗人"罢了，他没有达到更高的文学成就是令人遗憾的事情，然而没有办法。那首《白色花》本名《无题（又一章）》，当之无愧可以被放在新诗百年史上最好的诗的行列中。这样的诗，他本来可以再写一些。在他的晚年，他会写得更好，至少不会比穆旦的《诗八首》逊色。

他不能够写，他在监狱中。他曾领兵打仗、长期潜伏，做了常人想不到的事，他一定有着极端坚韧的性格，所以不怕吃苦，只是对于真正难捱的心灵的苦，他品尝得太多了；他有"洁癖"，真诚地怀着"革命理想"，在那么多"胡风分子"当中他是入狱的极少数人之一，而且始终激烈地抗议。——且住，还是回到他的爱情这个话题上。这一对同命的鸳鸯，《白色花》那感人的结尾正是他们的结局：

要开作一枝白色花——

因为我要这样宣告，我们无罪，然后我们凋谢。

主义社会

清官问题

中国传统的"清官信仰"，其实信的是公安局长。包拯、海瑞都是由进士而知县而御史，大约是的确需要"断案"的；刘罗锅则完全是皇帝的近臣，走的是翰林路线，不知道怎么的也给讹成了"青天"。元杂剧中还有一个张鼎，跟那几个大学士一类的大官不同，是个孔目，也就是说，刑侦科的科员，因为官太小，后来他知名度一直都不是很高。但，这也说明了：被人民看得起的"官"，基本集中在司法系统。

一个学政好好地抓教育，一个漕运好好地治河，就算累死了，人民也不崇拜他，虽然这些也都是利国利民的实事。人民心目当中的清官是：官清如水、爱民如子、断案如神。管他包公刘公海公施公，哪怕是关公，一旦被人民抬上"清官"的位子，就得忙不迭地勘察现场、开棺验尸、微服私访，而且通常得具备刑侦、审讯、法医等全套本事，一看就是有三十来年工龄的老局长，从基层干起来的。对清官的盲目崇拜成为中国人的集体无意识。然而，在神乎其神的公案小说之外，普通老百姓对"清官"的看法，是一个复杂的问题。

《醒世恒言》中《两县令竞义婚孤女》一篇，知县石璧"为官清正"，"听讼明决，雪冤理滞，果然政简刑清，民安盗息"，是个如脸谱画出的典型清官。这样一个人的结局是：不幸粮仓失火，他得赔钱，因为官当得太清了，把全部家私变卖还赔不上一半，因此死在狱中，唯一的女儿也被卖了抵债。还好被他救出过冤狱的百姓贾昌出于义气买了他女儿，好好地养着，但不幸后来又被贾昌的老婆卖掉了；还好卖到了他继任的继任手里，念在同官之情，给她出了嫁妆，嫁给好人家。——一连两个"还好"，说明这结局很不靠谱。话本小说的大团圆结局，完全是靠好运气在那里撑着底儿，倘若好运气没有如期而至，主人公便坠入万劫不复的深渊。

好运气的来与不来，按照人民朴素的逻辑，是靠着人品的。石县令生前积德，便有不知哪里来的各路神仙暗地里帮着他的闺女。可是不对呀，石县令本人为什么没有因人品分得到好处，反而悲惨地死了呢？结论：命运高兴时就帮帮好人，不高兴就算了。

与这篇形成鲜明对比的，是《喻世明言》里面那篇《滕大尹鬼断家私》。一个财主临死把家产都给了大老婆生的儿子，暗地里却给小老婆和她的儿子留了一幅画轴，让她去寻求法律援助。果然，被滕县长（大尹嘛，就是这个意思）看出了门道，真正的遗嘱藏在画轴里。老头子对大明朝政府部门的清廉度有错误的估计，在遗嘱中，把家里什么地方埋着金银全交代了，还傻不愣几地提出，对帮孤儿寡妇看这个条子的长官，他要给三百两银子谢礼。看完条子，滕大尹喜得不知什么样。第二日，采取装神弄鬼的手法，指挥着他家把金银刨出来后，说："你家老爷的鬼魂许给我一千两金子。"就这么个滕大尹，在代表人民真实观点的话本小说中，被称作"恁般贤明官府，真个难遇，本县百姓有幸了"。看来，他没全要，还给人留下点儿，就算是大大的清官。——把你放到古代，不当滕大尹，而当石县令，你是傻么？

车房焦虑

　　在我们这个俗气的时代，"有车有房"是一个人奋斗成功的标志。《非诚勿扰》男嘉宾 VCR 的第一个镜头，经常是他手握着方向盘一声不吭地开车；下一个镜头，便窜到他的房子里，这屋那屋地展示他的兴趣爱好，其实不过是让女嘉宾估摸一下他的房子面积。仿佛我们是属蜗牛的，不是钻进铁壳，就是钻进钢筋水泥的壳，否则就是软塌塌的一摊，除了被太阳晒个臭死或者被炒炒吃外，简直没有别的办法。

　　谁让我们是那同样俗气的古人的后裔呢！从先秦起，他们就在那吵吵了：要有车。

　　颜回死了以后，他的父亲向孔子提出请求：把你的车卖了吧，给我的儿子买椁。椁，就是套在棺材外的一层，有椁，大概就算厚葬了。子曰：那是不行的啊，你看，我儿子孔鲤死葬的时候也是有棺无椁，我都没卖车；我儿子虽然比不上你儿子，他好歹是我亲生的。我家祖上是做大官的，我怎么可以没车呢？

《论语》中涉及颜回死的那几段，孔夫子的表现很够意思，他哭得快断气了，别人问："你咋这么伤心呢？"他说："我伤心了吗？"看，哭成那样了，还意识不到自己在哭，真是浑然忘我的哀恸啊！然而孔子还是不肯卖他的车。

孔子如此坚定地"要有车"并非为了阔气，而是为了"礼"。"礼"是个很复杂的概念，简单的表述就是：贵族就算穷得一天只吃一顿饭，他们也得坐车，断不可走路。

既然"有车"是贵族身份的象征，有了车的贫民是不是看上去就像个贵族了呢？所以在先秦那时候，人们对"要有车"的追求是狂热的。有个曹商，奉宋王命使秦，秦王很欣赏他，赐给他一辆百乘的车（阿斯顿·马丁的水平）。他特地去找庄子炫耀。（瞧这智商！找的这人！）庄子说："我听说秦王病了，浑身长疮，悬赏找人治病，帮他舔疮就赏一辆车。你得了百乘车，一定是帮秦王舔痔疮了吧？"

庄子一句话到今天仍令人回味无穷。奋斗是为了有钱，有钱就得让人知道。开的车越好，当孙子的回数越多，所以好车不是尊贵的象征，而是耻辱的标志——满大街开奥迪 A8 的大官都当过小官，开奔驰宝马的老板都久久地三陪过，是不言自明的道理。不过对于我等小民百姓来说，开的车既不好，也就很少有机会捧那些人的臭脚。有车对我们来说就是图一方便，"苏门四学士"之一的张耒在诗中写道："门冷无车出畏泥"，道尽了无车的不便；我们穷人家本来就少人来，再没个奥拓开着出去遛遛，简直要寂寞死咧。

说了那么久车，还没说到房，这是因为：古代又没房地产开发商，随便砍两棵树在自家地头盖盖就有房了，因此很少有人因房子的问题焦虑。不过也有例外，清代小说《女才子书》的作者鸳湖烟水散人在自序中写道："夫以长卿之贫，犹有四壁，而予云庑烟瘴，曾无鹪鹩之一枝。"说自己比司马相如还穷，因为没房——可见古人再怎么穷，也基本是有房的；穷得连间房都没有，那可真是大大大大的穷人啊。

人中黄

我家住在北京的西郊，小区外有一处美丽的公园，那里野生着许多名贵的药材——我指的是《本草》中被称作"人中黄"的那玩意儿。

"人中黄"到处都是，每走十几米总能看到一处。当然，鉴于小区内狗多，其中一部分或许是被误会了，它们原是"狗中黄"。我不是专业药剂师，也没养过狗，没有认真研究过人屎和狗屎间物理性状的区别，但我想：那种盘成圆筒冰淇淋形状、最上面带一个销魂的尖儿的，大约可以确认能入药吧？尽管我看到后忙不迭地掉转目光走开了，它那规规矩矩、如照着图拉出来的一般平正规则的形状还是抢入我的脑海，挥之不去⋯⋯

是谁留下的这些作品？我想，经常到此处散步的小区居民如有内急，也便三步并作两步回到自己家解决了，犯不上冒着野风

254

和被邻居认出的危险在此制药，那么它们或许是过路人或附近工地农民工的出产？但是也不尽然，因为我有一次亲眼看到一位衣饰很说得过去的少妇在公园公共玩耍的沙坑旁把孩子，那小儿在众目睽睽下拉着"人中黄"中堪称药用价值第一的童子屎，我一边可惜着，一边也第一次知道了：原来这几个月大的婴儿体内可以存得下那么多，足以构成可观的一摊。

我想那少妇、那婴儿以及被我怀疑却查无实据的路人、农民工兄弟大约是不读故籍的，因此他们很可能并不知道随处撒金条也是我们中国人很可宝贵的国粹。当然，若有意考察"黄史"，可资引用的材料不多，而且多半是正面色彩的，如上一趟石崇家的厕所需换一身衣服之类；至于满纸潘安子建的旧小说，我们很难力透纸背，从中看出那佳人的后花园深处是否也密布着臧获辈拉下的斑斑野屎。

我们本不大注意这些下流小事，无奈到了明清之后，有关中国人"屎事"来了个舆论大爆发，此时大批洋人涌入，他们在回忆录中，总要提两句故都满大街令人掩鼻不及、无路可躲的屎尿味。民初的上海非常地文明了，租界内禁止随处大小便，于是有一个乡下人来，不懂规矩，当街拉了一泡，被巡警带到巡捕房，罚款两元。这人很觉得委屈，申辩不已，到钱已出袋、无可挽回时，方绝望地大喊一声："上海人腹中能容得许多粪，我却熬不住也！"……可见在彼眼中，腹中有粪时只有两个办法，第一是当街拉，第二是熬着。而当时的全中国除了租界，任何一地都是允许当街拉的——这自然是因为公厕之类的公共设施根本就是不设的，使人民除了"当街拉"和"回家拉"之外，别无办法可想。

当时上海的状况有文献可征：芥川龙之介在美人林立的花酒酒席上站起来，问饭馆伙计厕所在哪，伙计指着洗碗池下水道，让他别客气，在这里随便尿好了。那么此时芥川如有屎可拉，恐怕他也不得不走上街头。所以中国人这一不文明传统，或是由不设公厕所致。那公园中"黄祸"的缔造者，也并不是因为血管中流着上接五千年传统的血，而亦是由于没有公厕——我在公园中见过一个写有"厕所"二字的指示牌，因为用它不着，从没有费心去找过，然而仔细回忆起来，确实不曾看见过厕所的实体，或许那牌子只是摆设？

富二代

"富二代"仿佛是新生事物，因而成为热议的话题，最近又有各种"美美"扰乱了不少人平静的思绪，为了淡定，我建议读些历史——

一个王朝百年升平之后，就基本是富二代的天下了，所谓"钟鸣鼎食"，所谓"父子尚书"，占尽了社会的优质资源。一个有来头的家庭被称为"旧家"，这种家庭的后辈被称为"公子"。戏文中小姐的爱情归宿多是遇见"公子"，而"公子"的形象多是儒雅英俊，爱好文艺，懂得爱情，赶考途中跟小姐相恋，一到京城就考上进士。可见"富二代"不仅感情生活丰富多彩，而且在升学方面也颇有优势。

李白他们家是大商人，跟西域做跨国生意的，所以他当初到长安时，身上带着不少钱，只是后来花完了。杜甫的爷爷是宰相杜审言，他含着金汤匙出生，后来越过越穷，"瘦妻僵前子仆后"，这也不必说了。一部文学史一多半由富二代写成，由富贵而文艺是古来文艺的正途。有一个文艺的后代，对于有钱人的家庭来说，却往往意味着富贵的终结。隋炀帝、陈后主、唐明皇、李煜、宋徽宗，这一大串败家的名单，偏也是文艺史上的高峰，仿佛泼天的富贵、倾天的权势的丧失，只是为了得到那一首诗或者一幅画似的。后来的贾宝玉，便是这一种败家的文艺精神的集大成者，有识之士早就指出："贾宝玉似唐明皇。"

如今我们看见的"富二代"多半在搞经济、搞政治，自然比搞文艺强多了，有他爹老子娘老子帮忙，便可一直顺风顺水地富下去，富他个十代八代。不过常常人算不如天算。严嵩之子严世蕃，本事比严嵩还大，严嵩的富贵有一多半是在这儿子的帮助下取得的；产下这么一个富二代，当爹的一定高兴得要死。然而恶贯满盈，鲜花着锦烈火烹油，只是加速了灭亡而已，两个最后都不得好。康熙朝的大学士明珠是个权奸，在历史上的名声跟蔡京、严嵩差不多，然而他的儿子却不是蔡攸、严世蕃，而是纳兰性德。纳兰性德性格苦，死得又早，生前他爹对他的器重还比不上对一个家奴。多年之后怎样呢？张恨水写文章赞叹："明珠乃有此儿。"

古人认为，钱是属水的，今天在这家，明天在那家，没有一定的去处，所以，"富二代"往往成为"富一代"的终结者。儿子是自己身上的肉，似乎是这个世界上最亲的，然而古人认为，他有可能正是索魂债主。有个故事：某员外曾在自己家打死了一个贼，事后胡乱埋起来了。后来盖了高楼，人们都赶来庆贺，没想到那被打死的贼也混在人群中进了屋子，到后院去了。正纳闷间，有人来报：第二个妾生了儿子。员外跺脚道：这楼刚盖好，拆楼的人就来了。果然，这儿子后来败了他的家，把他活活气死。——我们穷二代自然是嫉妒富二代退可当败家子、进可当总经理的，所以编排了种种故事在小说里，"从富二代的败亡看富一代资本积累的原罪"（不消说，古代那些写世情小说的多是穷二代），然而拦不住有人照现成的剧本上演活剧，比如李刚和他的儿子。

最后引王士祯《池北偶谈》中的一则掌故结束本文，说明"富二代"绝不是铁打的江山：

某相国之子，穷了，问人借了些米回家，扛不动，雇了个脚力，埋怨他走得慢："我生于相门，扛不动米是应该的，你一个臭卖力气的，怎么也扛不动？"那人啜嘴道："我也是尚书的孙子呢。"

中国式慈善

古代的中国人搞慈善有三途：一曰架桥铺路，二曰开仓放粮，三曰白送人钱。

"架桥铺路"竟被当做"慈善"之一种，可谓中国特色。难道公共设施的建设不是政府职能之一种吗？然而彼时的政府似乎是不管这事的。那需要架桥的地方，多半是某村进城的必由之路，水小时摸着石头过河，水大了便攀着树枝凫过去，今儿淹死一个，明儿又淹死一个。直到十来年淹死了百十个，"政府"仍眼睁睁看着不管，于是乎，有慈善人物出现，架桥一座，乡绅毕集，写诗放炮，桥曰"普渡"，记入县志……当然，偶有诗兴大发的政府也修公共设施的，杭州的苏堤、白堤至今屹立。从它们的名字看，政府做的这点事儿被记到了父母官个人头上。他干这事可能得不到什么好处，彼时跟现在不同，没有专项拨款，苏大人和白大人听说并不曾跟每位杭州市民收十块钱造堤费，堤上亦没有加盖收费站。这规矩在今天自然行不通，比如说，"南京市长江大桥"就不是一位名叫"江大桥"的南京市长建的，也不会有人为这桥对南京市长感激涕零——当然，如果这桥建好不到三天就不慎垮塌了，便要另当别论。

遇到荒年百姓易子而食，似乎意味着官府开仓放粮的日子到了，但官府并不那么想。吴沃尧《二十年目睹之怪现状》中有一个好官蔡笙侣，开仓救活了几个县的百姓，然而邻县全都匿灾不报，他于是成了擅动公款，被追赔，还不上就要死——死了也得还。于是乎，到此类年景，还是需好心人站出来，用他们自己家的米或平价卖人，或煮粥施人，万不可动什么官仓的念头。

近代方有了西式的慈善，晚清上海味莼园的万国赛珍会，义卖得钱赈济淮、海饥民，就是一例。然而老脑筋们都觉得此事不靠谱。晚清至民国，出现了一票慈善家，搞出什么"捐册"分派各处，请人为各种饥民捐款，结果也被吴氏沃尧视作"怪现状"写进书里，并大发其老脑筋的议论曰："一个人要做善事，先要从切近地方做起，"比如对父母、兄弟、亲戚、朋友都要一一尽到了责任云云。于是搞文化比较研究的人下了个结论，叫做"西方人重公德，中国人重私德"。的确，看古书时，最令人感动的，便是种种"私德"的存在：一个人穷得要卖自己，被一过路人看见，给他钱让他不要卖；一家几口跑到一富亲戚家住着，白吃白喝几年，临走还获赠创业基金……宋江宋公明大人，也是因见谁就送谁钱，私德甚盛，得下"及时雨"这一绰号。这便是所谓"中国式"的慈善了。中国人何以有这样"私德"式的慈善观呢？说起来甚明白："西式慈善"的要点在于把大家的钱收上来，再给需要的人送过去。而我们的文明中，对"把大家的钱收上来"这事无比擅长，"给有需要的人送过去"却是短板——你懂的。

闹

假如我的某个朋友很有钱，他却不肯给我，怎么办？

他不是出门了么，家里只有老婆小孩，那正好，把他老婆小孩喊到我家吃饭喝酒，天晚了就住在我家。天明她一睁眼，管保令她魂飞魄散：地上躺着一个浑身是血的死人！她伸手抓衣服来穿，发现自己的衣服是一件血衣！我和老婆一拥而上，哭着扯住她说：你这歹人！怎么把我的外甥杀死了！你不能跑！然后把她锁在屋里去喊警察。下午我老婆偷偷开了门把她放走，等她回到家，发现家里的一切都被我家人搬空了，从金银细软到现金美钞，甚至实木家具高档电器，就差房子没搬走。她要是敢报案，就会牵出她"杀人"那件事。

其实呢，看官，跟你说啊，别告诉别人：那个"死人"，是我家小厮浑身抹了鸡血，躺在地上假扮的。

清代小说《世无匹》当中的这个情节，我一直认为编造得很离奇：这样都行，简直是蔑视人类的智商啊。"抢劫"虽然利润丰厚，也要有点技术含量好不好，一个小脚女人在别人家过夜，半夜心血来潮，满院子乱转找出一个不认识的壮汉杀掉，谁信啊？然而当我读到张集馨的《椒云年谱》，才知道是我想象力欠发达了一点。

《椒云年谱》是自编年谱，被认为叙事真切。嘉庆十九年作者十五岁时遭遇了"家难"；这种事铭心刻骨，更不会有伪。作者伯父一家欲侵占已殁三叔的财产，同时觊觎作者家底丰厚，上门来闹，渐觉"非死胁不能大满所欲"。伯父之次子辑瑞对长子开瑞说，"你假装上吊，我在旁边高呼，必有出面调停的人来"。开瑞信了，解下腰带把自己吊在了梁上，辑瑞撤掉了开瑞脚下的椅子，悄没声儿地走了。第二天，家里人打开房门：一具死尸！伯父一家立即闹上门来，能搬的通通搬走，金银存款连同衣服、粮食和锅碗瓢盆都搬运一空……

经长官验尸，开瑞的确死于自缢，然而这不能制止伯父一家伸向作者家的黑手。县老爷判决伯父一家领辑瑞尸掩埋，他们不仅不执行，伯父的第四个女儿还用洗尸水洒遍作者家房子。身为良民，要是被刁民缠着闹上了，那真是很麻烦的事情啊。

刁民像泥鳅一样，在各项法律的漏洞中钻来钻去，即使有法庭判决，他也有拒不执行的能耐。说到这里，张集馨用了一个词：鳌闹，足以形象地说明刁民的决心和行动。中国人自古说："鬼也怕恶人"，可见一个人若具备了绝不要脸、歇斯底里、算尽机关、心狠手辣等项特质，他真正会在这个社会上畅通无阻，人见人怕，鬼见鬼愁。

然而这种人一般没有好下场。小说《世无匹》中，占人财产的陈与权夫妇最后饿死在南雄岭；《椒云年谱》则记载了张辑瑞的下场：为了钱，他替一个富商顶包（如今一案既出，倘凶身无权无势，网上立刻有人喧嚷：出首的不是真身！是顶包的！则是因为"顶包"古已有之，仿佛一度还比较普遍。我虽写了十年小说，在想象力方面还是不如大多数网友，惭愧至极），在武昌关押人犯的监狱里被打死了……中国人还有一句话，叫做：恶人自有恶人磨。

丈夫须努力

张生和崔莺莺由相见到相恋，由相恋到月上柳梢头人约黄昏后，正当两情缱绻情意绵绵，却东窗事发，被老夫人发现了。然后呢？老夫人就让张生进京赶考，"得官回来，方把小姐配我"。

所以说赢得美人心未必能做成她的丈夫，想做谁的丈夫，最要对付的是丈母娘。话说中国的房价为什么高？都是丈母娘拉上去的。

人家贾宝玉说，好端端的女孩子结了婚，就成了婆子了。女孩子金尊玉贵，婆子则烟熏火燎。才子佳人一条心，崔莺莺看见家里为张生赶考安排下车儿马儿，"不由不熬熬煎煎的气"；张生心里想的是，"没奈何，只得去走一遭"，送别宴上，两人难免气色不好；丈母娘视而不见，还一个劲儿对张生要求道："你到京师，挣扎个状元回来者！"

丈母娘大概也是昔日佳人，长到四五十岁，一点佳人的样子都没有了。身为佳人么，最要紧的是神情飘逸，诗才容貌都可以往后放，利欲熏心可是一点要不得。说得出"蜗角虚名，蝇头微利，拆鸳鸯坐两下里"，爱情至上才是佳人；所谓佳人，就是文艺女青年的范儿。

可惜，除了文艺男青年，欣赏文艺女青年的中国人不多，所以"佳人"做佳人时还好，做"妻子"没人要。妻子么，应当找乐羊子妻那样的，人家的生平事迹归纳起来就是四个字：劝夫成名。打开门一看，老公回来了，"你干什么来了？""一年没回家，想你了，回来看看。""咔哧！"这老婆立刻发了狂，抄起剪刀把织布机上的布匹剪了个稀巴烂。"你想我？你竟然想我？你没成功还有脸想我？你没挣到大钱竟然有脸想我？你没当上官竟敢用你那猪脑子想我？"她的丈夫吓得夺门而出，七年没敢再回来。

乐羊子妻因此一举成名，成为中国历史上最有名的女屌丝之一。还好她不写诗，她要是写诗，事情就更麻烦了。唐代有个倒霉的丈夫杜羔，娶了个写诗的女人，他没考中进士已经够沮丧了，他老婆还写诗羞辱他说："良人的的有奇才，何事年年被放回？如今妾面羞君面，君到来时近夜来。"杜羔考上进士后，老婆又写诗曰："长安此去无多地，郁郁葱葱佳气浮；良人得意正年少，今夜醉眠何处楼？"本来脸如钢铁侠，一看见良人升官发

267

财，立刻和气甚至肉麻得很了。

娶了白富美，发现丈母娘的头顶难剃；转而眷恋女屌丝，发现老婆比丈母娘还难搞，弄到有家回不得。总之在中国当人的丈夫是怪不容易的事。什么老师、家长、上司，都比不上娶妻这一关励志。都说是男人主宰着这个世界，其实呢，有上进心的女人才是社会进步、文明发展、财富增值的动力。"你怎么没有出息？你看人家张三的老公都给她买了三辆宝马牌三轮车了。"这样的对话令百分之七十九的男人闻之色变。所以说男儿当自强，丈夫们，努力努力。

中医迷局

我喜爱的作家老舍在他的名著《离婚》中写到一个医生的眷属"二妹妹"到"张大哥"家哭诉：

"他不管什么病，永远下二两石膏，这是玩的吗？这回他一高兴，下了半斤石膏，横是下大发了。我常劝他，少下石膏，多用点金银花，您知道他的脾气，永远不听劝！"

没有人读到此处不笑出声的，以为老舍真是好玩透了，讥讽世人人木三分，极尽夸张之能事。孰料这是实写——那会子的中医，还真就是这么回事！

《醒世姻缘传》中有个杨古月，说起他行医的"独得之妙"，跟这"二兄弟"很有一拼：

"治那富翁子弟，只是'清食清火'为主；治那姬妾多的人，凭他甚么病，只是十全大补为主；治那贫贱的人，只是'开郁顺气'为主。"合着背过了三个药方，就够吃一辈子了。至于说他治死了人，那纯属冤枉了他——他那药，好人吃下去决不会死，只是病人吃下去不会好；至于病人后来死了，那是他自己病死了，并不是那药给毒死的。

那药里是什么呢？以"十全大补汤"为例，里面有几味不得了的药材，曰红枣，曰生姜，曰人参。

人参这东西，跟"二兄弟"的"石膏"有得一拼，管他什么病，都能给下二两。只是二兄弟的"石膏"价格比金银花还便宜，一辈子用石膏，决定了他上不得台盘，这"庸医"帽子是摘不掉啦，人家"名医"都是下人参的。

《听雨轩笔记》记载了一件事，某人刚从外头到家，便晕过去了。看看要死，家里人急着请名医，正好名医被人请走了（名医总是很忙的），于是去追；追了一晚上，才追着，塞了大红包，好说歹说，算是哄来家了，往地上一站，说了个方子叫"独参汤"，便扬长而去（鲁迅的《药》，那刽子手有句台词是什么来着？"包好包好。"这位"名医"口中也是这句）。一屋子人面面相觑。大概是觉得不靠谱，或者"独参汤"实在太贵，急切间难得，在吃之前，弄付别的药吃吃也无妨，于是瞎作主张，随便给病人喝了点"六一散"——啥是"六一散"？即今之藿香正气水之类。结果，好了。

——他原不过是中暑。

所以说古代的中国人很可怜，有了病只有中医可看，而中医能治好的病，通常是那种不治也能自己好的。有些聪明的中医早就参透了这个道理。《小豆棚》中记载了一个叫沈肯堂的，"专用平药数味，创为两歧之论，以待病者之自痊"。何谓"两歧之论"？用一味发散药，便配一味聚敛的；泻药之中，掺以补药……至于这一剂乌龙的所谓"药"吃下去，效果正好互相抵销，等于不曾吃药呢，还是如桃谷六仙的六道真气，在体内瞎冲乱撞，彼此打架呢，就不得而知了。当然，这位沈肯堂的主观愿望是达到前一种效果，否则也不会"专用平药数味"，不太偏左也不太偏右，以便达成"有药却似无药"的"中庸之道"。所谓"中医专治慢性病"的传说，其真相或许是这样：他反正治不好，而你也不会马上死，吃着他的药一年年病下去，这病就叫慢性病了。例如肺结核。

用青霉素治疗肺结核，很快就会好；抗生素同样用来治疗梅毒、败血症、肺炎；白血病须移植骨髓；早期癌症只要切除，存活率相当高……这在今天均是医学常识，无一不是西医之功。然而还是有各样的民间诊所，还是有打着各种幌子骗钱的医院；在正规医学界，用五块钱的药能治好的病，开五百块药的现象、收人红包才做手术的现象，也不时发生——我们是传统中的中国人，虽然如今多半忘记了传统是怎回事，可传统仍生活在我们身上，时时发生作用。例如医疗的虚妄与腐败。

清朝的房价

　　《醒世姻缘传》原名《恶姻缘》，是一部清初人写的家庭伦理小说，作者署名"西周生"，但谁也不知道"西周生"是谁，就跟没人知道"兰陵笑笑生"是谁一样。不少人说"西周生"即蒲松龄。文革时期，造反派把蒲松龄的坟挖开来，发现老先生的墓里空空如也，没有什么金珠宝贝，只有头底下枕着本书。十多年过去了，某教授专程跑到蒲家庄，欲知道蒲先生枕着的那本书是什么。造反派信誓旦旦地说：不是《聊斋志异》。

　　"封面有没有'姻缘'两个字？"

　　"没觑乎！"

　　我们唯一知道这部书是否是蒲松龄作品的机会就这么被此人"没觑乎"了。不过，值得庆幸的是：《醒世姻缘传》是一部完整的作品，不似《红楼梦》被丢得七零八落的。这部长达数百万字的书真是前人留给我们的瑰宝，清初人吃什么、喝什么，怎么过日子，怎么嫁娶，怎么上学，怎么应考，怎么分家产，怎么走亲戚，怎么打官司……简直是一部古代生活的百科全书。别的不说，关于清初的房价和租金，也都写得清清楚楚。

本书第二十五回，某人欲在山东绣江县明水镇做买卖，想买一栋房子，但这栋房子正在杨尚书家对门，只好让杨尚书买，他拿钱租。该房格局是：前面三间铺面，后面两进住房，客厅书舍，件件都全。售价一百五十两银子，租金一两五钱每月。我查了下今天白银现货人民币计价，是五块八毛三一克。那么这栋房子售价是43725元，租金是437.25元……看到这个数字，我吓得坐在了地上：太便宜了！再算算租售比：1∶100，远高于如今1∶200—1∶300的国际标准。现如今北京一套四百万的住房每月租金只有六七千，即1∶600都不到……

这是小镇上商住两用房的价格，且看县城里的豪宅价格。本书第十回说，主人公武城县晁源使六千两银子，买的姬尚书府宅，有八层大房。尚书是从一品或者正二品，搁今天差不多是个政治局委员；都说《红楼梦》写的是江宁织造家里的事，可江宁织造也就相当于三品，可见这房子有多么地阔绰。八层大房的话，至少也有个百十间屋子吧。这家人住不了，空着好几层。六千两银子，合一百七十四点九万元。——这笔钱，如今只能在北京五环边买个一居室。

或者你说，什么绣江县武城县的，都是小地方，你怎么不告诉我们当时北京房价如何？话说本书第二主人公狄希陈到北京当府学生，连主带仆四个人，找了一个房子住下：三间北房，两间东房，一间西房，两间南房，一间过道。床凳桌椅器皿之类，凡物齐全。地点呢，在"国子监东边路北里一个所在"，二环以里，离雍和宫安定门都不远。租金几何呢？三两银子一个月，合人民币八百七十四点五元。

古代银子用途大，今日银子用处小，也许我们不能完全按今日牌价来计算古代银子的价值，但从以上情节，还是能看出清初房地产的一些特点：豪宅价格几十倍高于民居价格；跟今天一样，大城市民居租金远高于小镇；租售比超高，租房不如买房划算；人均住房面积超大，只要收入过得去，住得就相当宽敞。

骗术小考

我一直期待有人做一本叫做《杜骗新编》的书，把如今流行或不流行的、常见或不常见的、应用于特定行业或应用于社会公众的骗术来一场总揭发。

我听说，各行各业都存在所谓潜规则，即只有少数从业者知道、大家心照不宣从来不对外人讲的"猫腻"。食品行业对添加剂的应用已经渐渐成为公开的秘密了，但更细节的往哪儿添、添什么、添多少、怎么添、怎么知道添了没添、添了以后能不能吃、吃了以后多长时间死之类的问题，从来没有人告诉过我们答案。又如，如今卖电脑其实不赚钱，一台整机的利润不超过三四百元，中关村于是颇出现了一些以行骗为主要谋生手段的社会闲散人员，以致这一区域上当受骗的悲剧每天上演若干起。

不知道为什么到现在这部书没有人做；倘有人要做，我建议参考明朝人做的《杜骗新编》的体例。《杜骗新编》又名《骗经》，把当时的骗术分为二十四种类型，如丢包骗、牙行骗、盗劫骗、在船骗、拐带骗等，均是人出门在外或经商种地时经常会遇到的。今人若想做《杜骗新编》，类型怕有更多。古老的如婚娶骗、假钱骗、伪交骗的事例今日只多不少，新生的如 IT 骗、股票骗恐怕是古人没有梦到过的。

说到《骗经》中的"炼丹骗"，恐怕多数人会认为：这一骗术如今自然绝迹了。孰料并不如此，整部《骗经》中，这一类型的骗术流播到今日，是社会影响最巨、受骗人数最多、发展品类最多样的。何谓炼丹骗？道士谎称能把十两银炼成百两，贪财者于是把大笔白银交给他做银母；炼银期间，道士突然放一把火，再趁乱携银逃跑。除《骗经》外，小说《野叟曝言》、《梼杌闲评》中也出现过这一情节，可见从明到清，这是屡验不爽的骗术。想想今日层出不穷的"挖宝"、"捡钱分钱"、"中奖"、"汽车退税"吧！其行骗手法与"炼丹骗"可谓如出一辙，都是利用了某些人渴望一夜暴富、以为天上会掉馅饼这一心理。

"炼丹骗"虽然骗过了不少人，但若熟悉这一骗术的基本原理后，该骗术再有上百种不同形式，相信也不会骗过火眼金睛的你了。然而《骗经》既是骗界宝典，所记载的骗术可谓博大精深，就算你侥幸逃过"炼丹骗"，也还有数十百种在等着你呢。

再看一例被称为"假马脱缎"的骗术:"棍"(即古人对骗子的别称)先拉住一卖马的人,谎称买他的马,让他跟着回家拿钱,半路上进了一缎铺,以门口的马作抵押把缎子拿走了。而不久前,台湾《今日新闻》报道了一桩同样的事,只不过马换成了逛百货公司的年轻女士,缎换成千万钻戒。

从台湾的这桩事例,我们至少可以得出以下结论,第一,台湾"棍"比大陆"棍"更富有专业精神,肯下功夫钻研秘本教科书《骗经》;第二,再次说明台湾的中国人对传统文化的继承和发扬优于我们;第三,台湾"棍"还算是有理想的青年,钻研了《骗经》这么深奥的古籍之后,认为充满智慧的古人骗了半天只拿了人家一匹缎,实在太亏了,还被人写在书上,流传到现在,简直给骗界丢脸,所以他要拿一枚四克拉的大钻戒,不能再被人看不起。

失踪的男人

常识认为，儿童、妇女和老人构成失踪人口的主力军；然而在十九世纪中晚期，青壮年男子的失踪案频发，造成了极大的社会恐慌。这些男人常在光天化日下神秘地消失，从此再无消息，给家人留下无限的疑惑和伤痛。他们被限制了人身自由，塞入条件恶劣的轮船，倘若路上没有死于非命，他们最终将到达南美、北美、东南亚的种植园、工厂和矿山。

1888年，清政府派出的游历使傅云龙乘坐"我理别低号"从北美到达古巴，见到了种植园中"粗粟夜枵补蕉实，敞褐朝衣日未出"的华工。古巴当时才一百五十多万人口，却有十几万华工，从道光廿七年（1847）始，截止到1874年清政府在容闳等人调查的基础上禁绝华工为止，共三百四十七艘船从香港、澳门、汕头、厦门等地源源不绝地运送华工到此，路上死于非命的便有一万七千零三十三人。在另一个华工集中抵达的目的地秘鲁，华工们除在种植园中做苦工外，还往往充当糖厂、硝矿、酒厂、棉厂的工人。

据统计，当时被诱骗拐带出洋的华工总数有数百万之多。"诱骗"一事，大约是如常见的火车诱骗案，人贩子巧舌如簧，"跟我去一个好地方，我俩合伙做一笔生意"云云；男人们其实比女人更没有防备心，事就这样成了。吴趼人小说《劫余灰》，被阿英选入《中国近代反侵略文学集·反美华工禁约文学集》，讲述的便是这样一个"诱骗"的故事。十七岁的陈畴应童子试，考中了第一名，喜报到家，却被发现他自从那日出了考场便连同两个同学一起不见了。家人找了很多年，母亲泪尽而逝，未婚妻思念未嫁，二十年后，方见一个黧黑的人回来了。原来是一个无赖光棍的表叔冒家里的名义接他下考，把他和同学骗至猪仔馆，用茶麻翻，送到南洋烟园去了。

倘若把看得见的众生万象称为"社会"，看不见的那一部分大概就是所谓"黑社会"吧。黑社会的历史中，晚清一段大概是极辉煌痛快的，三大经典黑帮生意贩毒、贩人和偷渡全都风生水起，从业人口达到了历史鼎盛。贩女人和小孩毕竟要以零售为主，不似贩男人，可以搞批发的，有多少搞过来，都可以销得出去。中国人毕竟是世界上最勤勉的民族，连黑社会也是如此，只要有生意，便有一大批人在那里埋头苦骗，把生意做大做强。

　　陈畴故事的后半段其实是很励志的，一个颇有前途的读书人虽做了猪仔，也没有自暴自弃，先做了文案，学会了洋话，又做了家庭教师，入赘了铺主的女儿。长远来看，拿一个清政府的末日官换一个南洋富商做，不失为因祸得福。中国人倘若不是落入自己人的陷阱，到了世界上的哪里，都是很有出息的。如今政通人和，海清河晏，四海升平，"丢人"的事自然很少了；黑社会天天被打，淤血倒流行将就木，再也不复往日风光。然而眼下正值一年一度的春节运动会，出行的男女老少都要小心为上，以防苟延残喘的黑社会施展亡命前的挣扎，要紧。

一次失败的打黑行动

珠海牛姓警官某，沉浮宦海廿余年，老辣世故，见惯风月。接警110、遣返站街妇女、参加打黑围剿之余，这黑汉子另有一重身份，即以"唯阿"的笔名行走文学江湖，其近作一言以蔽之，曰"治安小说"。我虽被学校和家庭生活滋养得肥白且二，却天生对这个光怪陆离的社会最赤裸裸的真实怀有猎奇之心，因此贪看唯阿的小说，以完成自我之"社会教育"。

最近在书上看到清朝的一件事，足以媲美唯阿小说的情节——

这书是《子不语》，故事主角是一"守备"（读过《水浒》的人可不问是什么意思，大概描述一下就是介于军官和警官之间的一种小官，权认为是一名武警干部吧），一生擒获了数百大盗，武艺高强，警功赫赫，唯对一件事终身不忘，"至今心悸且叹绝"。

故事发生在雍正三年的一天，卫戍北京城的总司令（当时叫做"九门提督"）亲自交待给这名守备一个任务：抓捕金鱼胡同的"三姑娘"。这"三姑娘"的身份是"妓"，抓捕理由不详，但知道她"势力绝大"。提督因此问守备需多少人，如数拨给，还说"不擒来，抬棺见我"。

　　当夜，三十名武警埋伏在了三姑娘家墙外，守备自己翻墙进去，藏身屋梁上，看见两丫鬟持朱灯引一少年入；看见少年在中堂独坐良久，饮了三四盏茶；看见四女拥一丽人出；看见这名艳光四射的丽人与少年"交拜昵语"，六个丫鬟环绕行酒，绕梁之音与笙箫间作；最后，看见丽人和少年双双步入洞房。

　　"满堂灯烛尽灭，惟楼西风竿上，纱灯双红。"

　　此时发生了什么，只能用"省略若干字"形容之。守备觉得是时候了，便从天而降，"足踏寝户入"。不料女郎立即察觉，赤体跃床下，上前抱住守备的腰，在耳边低声问："哪个衙门的？"（试问守备此时，能一把推开，饱以老拳乎？）守备道："九门提督。"（该守备语言风格永远是能一字说尽绝不用二字，想必是一硬派小生。）女郎叹道："提督抓人，看来我是逃不了啦。虽然如此，你看我现在一丝不挂，像个什么样子，你容我把衣服穿好，我拿四双明珠谢你。"（色诱后是利诱，令人无法拒绝，为自己赢得宝贵时间。）于是从容把衣服穿好，从箱子中取出四双明珠交给守备，问他带了多少人来。

"快把你的弟兄们叫进来，这么晚了，为我的事儿害他们不能休息，又冷又饿，我怎么过意得去。"

三十个人于是一同进来，在温柔乡中享用全羊宴，欢声雷动。守备突然想起帐子里还有个男人呢，便去揭帐，女郎对他摇手，说那人已经从地道中走了，不关他的事，他是个大臣公子，事关国体，提督审讯时必不会怪你放走了他，纵使怪，我也会一力承担云云。

就这么着，一直耗到黎明，女郎终于坐上红帷车，跟着守备上衙门去了。还没走到公署，突有提督飞马传书，"本衙门所拿三姑娘，访闻不确，作速释放，毋累良民"。守备在震惊中下车，要把明珠还给三姑娘（他怕了，怕了……）三姑娘笑而不受，十二个丫鬟骑马来迎，把三姑娘拥在中间呼啸而去。第二日守备又去金鱼胡同侦察，发现已人去楼空……

结论："三姑娘"是一有黑社会性质的犯罪团伙，组织严密，财力雄厚，与多名高层官员有染。这次打黑行动的失败非战之罪也，而是败给了三姑娘的权谋和社会关系……

我的黑社会知识来源是港匪片，我的肉眼还没有接触过肉身的黑社会，所以想请教珠海的唯阿警官：你见过的黑社会有没有这么厉害的？有，还是没有？

老无所依

　　佛山的小悦悦事件，肇事逃逸者二，见死不救者十八，举国哗然，友邦惊诧。在群情鼎沸的微博，网民骂知识分子不讲道德搞坏了这个国家；知识分子回骂十八路人未必都是知识分子，是南京彭宇案的法官扭曲了公众认知……闲话不说，听我讲一个故事，剖析一下中国人的人性。

　　乾隆年间，江西金溪县苏坊镇有一个姓周的老奶奶，丈夫死了，又没有儿子，一个人住在破屋里，要饭为生。一天，突然听见有人在她耳边说："你怪可怜的，我要帮你。你床头放了二百个钱，拿去买米吧，别要饭了。"老太太问："谁?"那人答："东仓使者。"老太太去看床头，果然有钱。从此以后，家中不时有东西来，有时是一点钱，有时是一点米或者面，恰好够老太太吃的，让她饿不着；天冷了还有衣服、被子，都是朴素又御寒的那种，让她冻不着。老太太很是感激，魂梦中常常祝祷，多谢这位让她免于饥寒又葆有尊严的神祇。

然而日子久了，邻居们时常抱怨家里丢了东西，老太太有点明白了：家里出现的东西都是"神"从别人家拿的。后来有人看见周老太不再行乞，有所怀疑，到她家里窥察时，发现了许多别人家的失物，于是要把她当小偷捉起来。此时空中有声音说："她是无辜的，事情是我做的！你们家都过得不错，那点东西丢了也没什么，损有余而补不足又有什么关系！"邻人仍不听劝，于是石头瓦砾乱飞，打得他们抱头鼠窜。

此事哄传于乡，人人都知道老太太家里有妖怪。不时有人来老太家围观，有人出言不逊，妖怪就拿石头打他。别人止不住，只听老太一人的话，老太于是经常得说："别打啦。"后来一书生趁醉而来，大骂妖怪："你给我出来！你敢跟我比划比划么？"妖怪不语。书生走后，老太问妖怪为何害怕这人，妖怪说："他是读书人，我们要尊重知识分子，况且他喝醉了。"过几天，那人又来大骂，这回妖怪不客气，给了他一顿好揍，说："无故骂人，可一不可再。"

后来有人请了龙虎山的符来，轰然一声，把妖怪劈死了，这才现形：原来是一只硕大的老鼠。乡里人人称快。此后，老太太又过上了到处要饭的生活……

这故事的出处是清代笔记小说《耳食录》，在我们看来，这真是一个坏故事。故事中唯一有人性可言的，是那位怜老恤贫、明理知义的老鼠精，然而在全乡人的愤怒诅咒和伺机暗算中，它死了。其余无论农民、市民，还是知识分子，没有一人想到老太的老无所依，也不曾主动为她贡献一毫慈善的力量，一任其孤寒飘荡；老鼠精的高情美义本足以令他们每个人羞愧欲死，他们也毫不羞愧……唉，这便是中国人本色吗？

作者乐钧不仅把老鼠精写死了，而且直到故事讲完都没有表扬鼠精，知识分子果然是不懂事；龙虎山道士劈死鼠精，跟南京彭宇案的宣判法官一样，为社会树立了"枪打出头好人"的榜样；邻人乃至书生都对穷老太熟视无睹，鼠精反而肯帮她，这跟拾荒阿姨拯救小悦悦如出一辙……也许有人理性思考后说，邻人援助老太，须拿自己的东西去，而鼠精只需拿别人的东西做好事，所以邻人不肯帮而鼠精肯。这正如说：十八路人若要拉小悦悦一把，都要冒着被其父母讹诈的风险，拾荒阿姨则无此虞。此刻我们在微博上振臂高呼，谴责十八路人，轮到自己时，有几个保证一定会上？呜呼！中国人真是拥有世界上最聪明的大脑。

及物动辞

浮瓜沉李

今天我突然地想要怀一下旧。我小时候是在姥姥家院子里长大的，等上了学就回自己家去了。然而一年级念完又回到这里度暑假，坐在院子里读着一本书，这书的内容到现在还记得，叫做"一月大，二月平"。读得高兴，就念出声来，然后就有个小孩在门口够头够脑。她是邻居，小时候一起玩过的，听到我回来了，就来找我玩。

正对着门是一面雪白的照壁，转过照壁去才能看到院子，右手边是一溜房子，树有枣树、石榴、桃，或者还有别的，可我只记得这些结果子的。动物有兔子、狗、鸡，还有很多小动物，比如说，有一种虫子是灰色的，头顶像顶了一小粒豆子，把自己包在一片树叶中，吐出一根长丝，便悬挂在树上，在它的座椅中舒服地睡觉。待我把它捉住，它才会伸出脑袋来看着我。我才不为所动，立即把它放到地上，用脚踩成一小摊黄水。还有一种动物是蝉，夏天时它们从地上钻出来，爬到树上叫，在地上留下一个个圆形的小洞。我看大小很合适，便在每一个小洞中都放一粒西瓜籽。后来，每一个小洞中都有两片小叶子长出来！真是太神奇了，我毫不犹豫地把它们通通拔掉了。

堂屋里有梁，再往上有檩，再往上是一根一根的椽子。我经常凝视着这些，也就暗暗知道了：这房子是若干棵大树和许多棵小树一起建造的。晚上临睡时，突然跑出来一只老鼠！慌里慌张地，一边跑，一边叫，也不知要去干什么。姥爷很生气，对它大喊："哎！别跑！打！"一边喊一边也在屋里窜来窜去，但他的动作幅度大，实用性不强，后来老鼠还是跑回它家去了。

烈日底下我还是舍不得午睡，依然在院子里玩。在石榴树密密的叶子下，我突然发现有些不对：那里生长着一粒瘤子，摸上去完全是木头的，但！凭我的感觉它一定是空心的。我很想知道里面有什么。我进屋拿了剪刀，把它剪开了一个豁口，往里一看，啊！

"啊！……"

我魂飞魄散手舞足蹈地大喊着跑到屋里，爬到床上把头钻进被子里还在抖。在那个很像木头的瘤子里包着：一只毛毛虫！浑身刺！七颜八色的！还会动！

当我们想吃肉，我们就买来街上荷叶包着的羊羔肉；我们想吃油糕，我们就买来街上荷叶包着的油糕。不过这些我都不想吃，我想吃西瓜。院子里正中有一口压水井，压出来的水是冰凉的，我们把冒着热气的西瓜沉在这样的水里一下午。

关于夏天，元人张可久有一支小令：

澄澄碧照添波浪，青杏园林煮酒香，浮瓜沉李雪冰凉。纱厨簟簟，旋篘新酿，乐陶陶浅斟低唱。

"浮瓜沉李"这四个字，在元人作品中多见，这首又加上"雪冰凉"，真是形容透彻，说的就是我们家的事。（李煜词有"沉李浮瓜冰雪凉"。）这么简单的一句话，如今竟很少有人知道它的意思了，因为这样的生活场景已经消亡。谁没有在漫长的夏昼等到过一个有凉风的黄昏，谁就不会知道那新提的井水的滋味。

八十年代在姥姥家的生活回忆成为绝版，已故的姥爷是我认识的唯一一个古人：他感情何等丰富，心地何等柔软，永远用毛笔写字。后来我看到古人诗中有神情亲切的动物，如"霜落熊升树，林深鹿饮溪"（梅尧臣）；有含情生动的植物，如"所嗟秾李树，空对小榆春"（李峤），我也就这么默默地翻过去——

因为这样的生活场景已经消亡。

王金羽

最近看多了《人物品藻录》一类的书，也想要找几个人物谈一谈；可惜如今，值得这样地谈的人物不多了。我自己也许是天生带着三分傻气的，倘生在古代，很可能成为一个有故事的人；可是在当下，世风浮奢，傻子没有前途，大家只有比赛"唧溜"（古俗语，精明机灵之意），绝没有比赛傻的，所以也就学着别人，老老实实地正常地活着，绝不让一点傻气外泄。所以想那些够得上"世说"标准的人物，我只是想到了王金羽。

王金羽是我母亲早年学画的老师，我喊他爷爷的，今年该有八九十岁了，而我也已经十多年没见过他。他生平的事迹我是熟悉的，同胞五六个兄弟，他仿佛排第三。四九年的时候，举家都逃到台湾去，在广州登船，他一脚在船上，一脚在船下，最后还是选择了船下。因那年他刚刚结婚，新娘年纪很小，只有十七岁。当我看到那奶奶年轻时的照片，他选择不登船的理由便百分之百充分了：她有着令人震惊的美丽。老实说，我童年时曾对"一笑倾人城"竭尽想象之能事，看到这奶奶的照片，便立即具体起来。

我小时候尝在屋子里坐着，听见门铃响，然后便有这一对老夫妇走进来。那时候，像王爷爷这样穿上好质地呢子大衣的人还很少见，其优美的修仪或许只有我姥爷能与之相比，而我姥爷只会写字，不会画。王爷爷的画我看过许多，主要是四王那一派的南宗山水，也有竹石，也有仿仇十洲的工细人物。最后一种最值钱，有一回，他说某人要以多少钱（当时的一笔巨款）买去一幅人物长卷，他舍不得，没有卖。

那时我们并不居住在同一城市，可是通家来往，他们在我家住十天半月的情况有，我们在他家过了春节又一直延住到十五，孩子们不仅在一起玩，而且彼此打架，教会唱歌的情形也是有的。如今这样的事在哪里都不常有了。其实在我内心深处藏有一个情结，就是喜欢那种长得像岁月一样的关系，喜欢彼此深入灵魂的了解，并连同彼此的过去、家人、每一个亲戚的往事一起了解着，喜欢以深厚而柔软的感情彼此惦记。但这是冒着傻气的，所以我并不打算把这告诉人。

最后一次见到王爷爷是在他济南的家中，他养了一只过着精神生活的猫，耸着肩膀走路，眼神深邃明澈，神情态度不可方物。他用方言唤猫，其发音正巧像极了我的乳名，我便错误地"哎"了一声。其时我们四人围坐桌前打牌，王爷爷发现这个 bug 后，便玩上了瘾，每出其不意唤一声猫，而我每次都上当，"哎"一声。如是数回，以致激怒了奶奶。她在试图制止几次未遂后发起了脾气，指责他为老不尊不知庄重，说得又严厉时间又久，我逐渐觉得这太过分了，然而王爷爷脸上依旧笑嘻嘻，不见一丝愠色。我再想一想也就明白了：他为了她留在大陆受了几十年批斗，这发一点脾气算什么？我爱他的老天真，然而美人儿多半是不欣赏名士的；这世上一般的美人儿都在等着人送花，一边考虑要不要屈尊收下，而据说做诗人的妻子首要条件是能忍受他精致发作的癫痫。

作为他最看重的学生，我的母亲也是一位螓首蛾眉的美人儿，可惜她同样并不十分欣赏她的这位老师。有一次她批评他的艺名"金羽"：羽毛是轻浮又无用的东西，为何不改名"金梁"？而她也没有学画到底，她后来做了一名教授统计学的老师。

山东人

山东人喜欢说自己是"一山（泰山）一水（黄河）一圣人（孔夫子）"，用以 PK 浙江人的"多山多水多秀才"，自以为得计，其实才是失算，仿佛圣人之后，山东就没什么文化名人了似的。这完全不是的。

李攀龙生前恐怕很让山东人为他高兴过一阵，官好歹也做到三品，文学事业方面则做了二十年天下盟主。然而他死后的文化地位并不高，第一是因为错误地估计了形势，此时正是要有新文学起来的时候，他却认为：好文学是要复古的。作为读过《进化论》和当代所著文学史的人，我知道这是错的，就算当时天下人都相信他，又有什么用呢？后来崛起的徐渭、汤显祖等人，用与他的主张完全相反的作品说明了一切。然而作为山东人，我觉得这很可爱，孔子以"古"作为他的理想，所以只要是山东人，大概都会下意识地认为"古"比"今"是好的。

第二，他好像还有点道德污点，在于他和他做官的朋友们一起排斥布衣谢榛，拿人家的生理缺陷（眇一目）作诗讽刺人家。——顺便一说，谢榛也是山东人。这件事上，他的确不厚道，而且得罪了天下的布衣。就算谢榛不跟他们计较，像山阴徐文长那样性格偏执、长期不得志的文人，看到这样的诗，便要面红耳赤恨他一生。

其实论品行，李攀龙还是不错的。他做官很廉洁，所以没留下什么钱；晚年宠眷一妾，是因为爱吃她做的馒头，当他死了以后，这名爱妾不得不靠做馒头维持生计。而且他很孝顺，他的死，是因为他母亲的去世，他哀毁过度。读《白雪楼诗集》，虽然没有好到可以做天下盟主那个份上，却也并不全然是复古的风调，如"新诗分妙偈，病客对空王"，如"即看芳树催颜鬓，莫厌寒花对酒杯"。放在明清性灵派的诗集中，谁又能看出呢？

照一般人想象，山东如果出文人，大概就是徂徕先生（石介）那个样子。他说因为有了孔子，"道已成终矣"，把伟大的事业都做完了，所以呢，这两千多年没再出个圣人，是因为用不着出了。说来惭愧，这样的文人，鄙乡果然出了不少，但他们的出现伴随着文学全然的失败，所以数量虽多，实在不足为惧。

真正有出息的山东文人，反而不像这个样子，例如"绝代销魂王阮亭"。说来奇特，山东人常能把一切变成政治；做个文人，也很有追求地要做文坛的盟主，就像山东女人即使进入演艺圈，也怀着成为国母的抱负。所以继明朝的盟主李攀龙之后，清代的王渔洋又领骚坛十数年之久。渔洋山人的主张看起来完全不像是能当盟主的样子，中国诗歌的主流传统是杜甫和白居易，可他两个都看不上，对杜甫不敢明说，对白居易可是极尽嘲笑之能事。他看得上的是谁呢？王维、孟浩然、韦应物这一支。这要是个江南文人，喜欢着这么一个调调，也就自己偷偷地喜欢去了，哪里会想到这样都能当大哥呢？

曹州外史

鲁西南的菏泽（古称曹州）是片神奇的土地，这里出产过许多神奇的人物，较早的如庄周，较晚的如石柏魁（故宫盗窃案的嫌疑人）。

王士禛《香祖笔记》提到南明的东平伯刘泽清，曹州人，"为人阴狠惨毒，睚眦必报"。他在江淮县有一处宅子，空着无人住已有多年，一日，十来个大学生心血来潮，到鬼屋探险，于内阁中拾一锦鞋，并在他家空宅里野餐了一顿。泽清知道后，"使健儿名捕至淮，尽杀之"。总之，这位是个杀人不眨眼的魔头，虽然是朝廷正规军，其行径却令人想起张献忠之流的七杀诗：

杀杀杀杀杀杀杀……

又令人想起另一个更著名的曹州人：黄巢。"我花开后百花杀"——他不说"百花残"，偏说"杀"，是说秃噜了嘴，那个字一个不小心就冒将出来，仿佛百花不是各自在枝头凋零，而是分别被割断了头躺在那里一样。

还有一个著名的曹州人是郓城县押司宋江——你看，"著名的曹州人"基本都是这一路数。我佛山人在小说《义盗记》里提到曹州，他说《水浒传》所载的梁山泊并非虚构，因此，"曹州一带，至今仍为盗薮"。接下来他描述的曹州民风令人战栗："无一人非盗，亦无一人非民也。耕作陇畔，俨然农夫也，有孤客过，则辍锄挥刃，杀人以取其财，蒿覆死者，而耕作如故……"整个曹州是一个放大了的梁山，天天上演"十字坡"。

在正史的记载中，宋江是"河北剧贼"、"淮南盗"，他跟曹州的关系颇有些可疑；他也不曾驻军梁山泊，而更像是响马贼那一路的，是盗贼中的游牧派。梁山泊虽有，苏辙《夜过梁山泊》诗中也只是说"更须月出波光净，卧听渔家荡桨歌"，孤身夜过的苏二并不曾被阮小七之类的人拦住杀掉。我不太相信曹州有宋江，曹州倒是有可能出过一个晁盖，因为晁补之是曹州人，晁盖可能是他的亲戚。

撇清宋江和曹州的关系，也不能洗白曹州，因为黄巢和刘泽清在此，我佛山人所说的"盗薮"亦不是空穴来风，这个结论近来又为石柏魁印证。庄周倘若不是长期工作在曹州（庄子曾为漆园吏，漆园在今曹县），《南华经》中不会有《盗跖》、《胠箧》，

而读《庄子》的人难免中毒，天真地认为"圣人不死，大盗不止"，上了他的当——"盗薮"中产生的哲学家能够想办法让我们相信"小偷太多都是因为有警察的存在"。辩才无碍的盗跖和庄周、我佛山人笔下的义盗，都是一类典型的曹州人，他们不像黄巢那样是为了反人类而来到这个世界上的，没有那么杀气腾腾，但他们不是正面角色，也瞧不起正经人，他们的人生面貌永远出人意表。无论你是否赞同他们，都不得不承认：这些人的聪明劲儿真是"万万人之上"的。

曹州土地贫瘠，饮用水因富含盐碱而发苦，虽非穷山，实有恶水，偏盛产牡丹花，有道是"曹州牡丹甲天下"。（其实这里比牡丹更美的是荷花，从梁山泊的残水中生长出来，亭亭如盖。）——没有比曹州更富于文学性的地方了，这里的每寸土地都充满着欲望的张力和勃勃生机。我了解曹州，因为，在这出产了庄周、盗跖、黄巢和故宫盗宝人的土地上也诞生了我。

后记

　　这一批文章是我 2010 年至 2013 年在《深圳商报》所撰专栏的结集。虽曰专栏，却下了很大功夫去写，譬如由《长生殿》和京韵大鼓《剑阁闻铃》生出感慨，本来是要写成万字文章，跟我之前的文章《旧国》、《秋风》等形成系列，名字也拟好了，叫做《遗事》。为此查阅了个把月资料，却终于没有写而写了千余字的《唐明皇艳史》。《中国童话》那篇，写完后意犹未尽，按照文章提到的原则检出十数则古代的笔记，整理成小故事随便发布到网上，被《散文》杂志的主编汪惠仁老师看到发了出来。

　　有段时间颇闲，所以下笔写一篇文章前总要看几个星期文言小说，跟古人一起生活着，思维纷沓，落在纸上也只是其中一点；后来又很忙，做了不少论文，想着拿论文里的内容来填塞专栏，又觉得偷懒，毕竟散文和论文是两回事，学术的创见和材料

302

的丰富都不足以形成一篇打动人的文章，所以不好意思自己抄自己。总结下来，这批文章的主要材料来源于古代小说，间有用到其他材料；主要是讨论古代的事情，间有跑到近代和现代，并拿今日的事情与之对比，以便说明我"太阳下面无新事"的人生观。我的这个观念，愈读书愈觉得正确，所以很雀跃，急着要介绍给你。

这个专栏竟给我带来了不少朋友，有人看到了特地与我联系，计有报纸副刊和杂志编辑，他们把文章转去还寄过来了稿酬；有读书人，觉得心有戚戚焉，又觉得亲切，而交谈之下，我也觉得他们亲切，彼此倾慕颠倒，幸生同时，虽不能把盏共醉千秋，却也足以慰藉枯肠。文章被转载得很多，网媒和纸媒加在一起恐怕有几十家，但我最希望被转的，是一家叫做"古代小说研究网"的网站，创办者是淮茗教授，每次被转都会让我高兴几天，这似乎意味着文章写得有专业水准。

我的博导刘勇强教授，在"还魂记"专栏写完了四十几篇的时候发现了它，从此经常给我留言发表他的看法，像批改学生作业，令我感到无限温暖。他是最了解本书的人，也是最有资格写序的人，所以他为本书撰写的序言提升了本书的完成度，因有此序而全书增色。刘勇强教授同我的硕导张健教授都是吴组缃先生的学生，尽管两位老师在学术上都有着精深的造诣，却还是对学生们的创作给以极大的鼓励。我私心想来，我和吴先生怕也是有缘，在北大，写小说，从事古代小说研究的他，一定不会对我写小说有意见。而且他在我家乡泰安住过多年，他每天散步经过的地方，我后来在那里上幼儿园。

之所以会有本书，首先要感谢在《深圳商报》文化版工作的陈溶冰学姐，胡续冬把我介绍给她，她便约我写起专栏来。她是世界上最好的编辑之一，极懂得我要说什么，有时写得略超了字数，她也能一字不删想办法登上去。第二要感谢的是中华书局的徐卫东编辑，是他从网上的茫茫文海中发现了这部稿子，主动与我联系，使之成书，而我后来方得知他是百道网评出的2013中国好编辑人文榜第一名。还要感谢中华书局的副总编顾青老师，这位也是学长，他对本书的关心和扶持却是我刚刚才知道的。

一桩美事是许多美好的人共同办成的，这便是这桩事情中最美的部分。好吧，在这本书的最末尾，我需要自我表扬一下：我必定是因为自幼心地善良、行善积德、做了不少好事，才得以遇见你们——我的老师、编辑、读者和知音。

刘丽朵

癸巳六月庚申